Seiga & Tsukiyono
「守護者がつむぐ輪廻の鎖」

Chara

守護者がつむぐ輪廻の鎖

守護者がめざめる逢魔が時3

神奈木 智

キャラ文庫

この作品はフィクションです。
実在の人物・団体・事件などにはいっさい関係ありません。

目次

口絵・本文イラスト／みずかねりょう

【事故物件】

入居者が自殺、事故、孤独死等で死亡し、借り手から心理的に敬遠されてしまう物件の不動産業界用語。宅建法により、入居契約に影響する要綱は説明するよう義務づけられている。


引っ越して来た時、最初に気になったのはベランダだった。

大学が徒歩圏内にあるその物件は、友人からの紹介で格安に借りられたものだ。だから贅沢《ぜいたく》を言う気はないが、どうやら不動産屋の掃除が手抜きだったらしい。独り暮らしに相応《ふさわ》しく、ベランダは洗濯物が干せる程度の狭い広さだったが、その隅っこに萎《しお》れた花を突っ込んだペットボトルが置いてあった。中の水は濁って羽虫が浮いていたし、茎の部分は腐ってどろどろに溶けている。誰が見ても、長いこと放置されているのは明白だった。

前の住人が、置いたものだろうか。そういえば、下見の時にベランダの隅なんてよく見ていなかったもんな。そんな風に思いながら、俺は仕方なくペットボトルを始末した。中の汚水を捨てる際、ごぶり、と嫌な音がして誰かの呻《うめ》き声のようで気味が悪かった。

奇妙な現象が起き始めたのは、それからすぐのことだった。

夜にテレビを観ていると、ベランダの方で気配がする。誰かが歩き回っているような、小さな足音が聞こえるのだ。野良猫か泥棒じゃないかと思ったがここは七階だし、周囲に伝って登れるような壁もない。うちは角部屋で隣は空いているから、飼っているペットが忍び込んでくる可能性もなかった。おそるおそるブラインドを開いてみても、やっぱり誰もいない。

一週間ほどそんな日が続いたので、いい加減、俺も苛々《いらいら》してきた。今夜こそ正体を突き止めてやろうと待ち構えていたら、十時を回った頃、いつものように足音が聞こえてくる。よく耳を澄ませてみると、ぺたぺた、と素足でコンクリートを歩くような感じだ。だが、人かと言われればあまりに小さな音で判別は難しかった。

——よし。

俺は心の中で弾みをつけると、勢いよくブラインドを開く。縞《しま》模様の隙間《すきま》越しに目を凝らしたが、案の定、闇ばかりで人影など見えなかった——が。

「おかぁあさん」

妙にはっきりと、女の子の声がした。

え、と思って探してみたが、もちろん誰も見当たらない。なんだ、外の話し声が上まで響いてきただけか。俺は、ホッと胸を撫《な》で下ろした。舗道を行き交う人の声は、かなり上の階まで届くから。やれやれ、とブラインドを閉めようとした瞬間、ギョッとして動きが止まった。

閉じかけた隙間から、二つの目がこちらを見ている。

「おかぁあさん」

また、声がした。どろりと濁った白目、空虚な絶望を詰め込んだ黒目。数センチの隙間で、その目がゆっくりと瞬きをした。位置はかなり低い。小学生くらいだろうか。いつの間にか、ベランダに小さな女の子が立っている。感情のない目で、俺を見ている。

ありえない光景に、俺の思考は完全に麻痺《まひ》した。早く閉めなきゃと思うのに、どうしても手を動かすことができない。冷や汗がこめかみに滲《にじ》み、クーラーを利かせた室内で俺は汗だくになった。何で、こんなところに女の子が。脳内を駆け巡る疑問への答えは、一つしかない。

生きている人間ではないからだ。

ぞっと背中が総毛だった。よせ、と本能が囁《ささや》いたが、堪《こら》え切れずにそろそろと視線を落としてみる。裸足の小さな足。爪《つめ》が真っ黒に汚れている。長い時間、彷徨《さまよ》っていたかのように。いや、実際そうなんだろう。俺は、咄嗟《とっさ》に全てを理解した。

ベランダの腐った花。

あれは、この子に供えられたものなのだ。

「おかぁあさぁん」

耳にこびりつく、幼い呻き声。虚ろな瞳に、羽虫が数匹たかっていた。女の子がゆらりと両手を挙げて、バンバンと窓を叩《たた》き出す。入れろと言っているのだ。部屋に入れろ、と。

「うわああっ」

ようやく身体が動いた俺は、悲鳴と共にブラインドを閉じた。窓を叩く音はしばらく続いていたが、やがて間遠になり五分も過ぎた頃には完全に無音に戻った。でも。

正直、朝が来ても二度と開く気にはなれなかった。

俺の部屋が、いわゆる『事故物件』だと知ったのはそれから間もなくのことだった。不動産屋に訊《き》いてものらくらと埒《らち》が明かなかったので、紹介してくれた友人を捕まえて問い詰めたのだ。大学はすでに夏休みに入っていたし、何度連絡をしてもナシのつぶてだったので、偶然図書館で会った時には逃すまいと半ば引きずるようにして館内のカフェテリアへ向かった。

「……で?」

向かい合った丸テーブルの席で、俺は恐縮しきりの友人を睨《にら》みつける。

「おまえは知ってたんだよな、あの部屋がヤバいってこと」

「うん……まぁ……。あ、でもさ、条件は最高にいいだろ? バストイレ別で家賃は相場の四分の一。駅から十分は歩くけど、途中に商店街があるから買い物には凄《すご》く便利だし。なぁ、今更出るとか言うなよ。俺、兄貴に頼まれててさ。何とか一ヶ月我慢してくれたら、いつでも引き払って構わないから。なんなら、家賃タダにしてもらえるか交渉しても……」

ふざけんなよって殴ってやりたくなったが、友人の言い分はこうだ。不動産屋に勤めている兄から、事故物件の借り手を探すように頼まれた。告知義務がどうとかで、直後に入居する店子《たなこ》には説明する義務が生じるが、それを省くためのいわゆる『繋《つな》ぎ』になってほしいというのだ。俺は、耳を疑った。だったら、まず俺に告知義務があるんじゃないのかよ。弟の友人だからって、どうとでもごまかせると思われたんだろうか。何だか無性に腹立たしかった。

「本当にごめん。おまえ家賃安いとこ探してたし、渡りに舟って思ってさ」

友人は何度も俺に詫《わ》び、頭をテーブルにぶつけんばかりに下げ続けた。

「兄貴が言うには、自殺や事故で人死にが出ても間に誰かが住んでいれば、その後は訊かれない限り自主的に告知はしなくていいんだって。なぁ、ダメかな」

「てめ、いい加減にしろよ。ただ人が死んでるだけじゃねぇだろ。ベランダに……」

「え？」

「あ……や、だからさ……」

このタイミングで「幽霊がでた」なんて言っても、便乗した悪ふざけにしか聞こえないんじゃないだろうか。急に自信を失った俺は、曖昧《あいまい》に語尾を濁らせた。友人はそれを勘違いしたのか、尋ねもしないのにぺらぺらと部屋の曰《いわ》くについて語り出す。

「あの部屋、一年に二回、住人が死んでいるんだ」

「え……」

「住んだ人間が全員死んでる——そういう部屋なんだよ」

「ま……さか……」

おい、待てよ。そんなの幽霊どころの騒ぎじゃないぞ。

文句が喉《のど》まで出かかった時、傍《かたわ》らに出しておいた携帯電話に着信が入った。バイブにしてあるので音は鳴らないが、どうやら電話がかかってきたようだ。だが、俺が手に取ろうとするより先に、相手がパッと右手を摑《つか》んできた。

「ちょ、何すんだよ、気色悪いなっ」

「最初は、子どもが変死したんだよね。ベランダで」

あの女の子か、と思った。脳裏に虚ろな黒目が蘇《よみがえ》り、ぞわっと鳥肌が立つ。話を聞きたくなくて急いで電話に出ようとしたが、間に合わずに切れてしまった。

「あ、くそっ」

「二十代のシングルマザーが、五歳くらいの女の子と暮らしてたんだって。でも、ある冬の深夜に仕事から帰ったら子どもがベランダで冷たくなっていて」

やっぱり、そんなことだろうと思ったよ。

こみ上げる苦いものを、俺は無理やり飲み下す。そうか、あの女の子は一人ぼっちで死んだのか。おかぁさん、って言っていたもんな。

俺は俄《にわ》かに少女が気の毒になり、恐怖心が少しだけ和らいだ。あの子、部屋に入りたがっていたっけ。何度も何度も、小さな手で窓を叩いていた。か細い声で母親を呼びながら、開けられることのない窓を叩き続けて、そうして……——。

死んだ。

「死因は……何だったんだよ……？」

まさか、と心臓がばくばく音をたてる。まさか、そんな。考え過ぎだって。

「いや、俺も詳しくは知らないんだよ。母親がキャバクラ勤めで、夜中まで一人で留守番していたとは聞いてるけど。でも、真冬に子どもがベランダで死ぬなんて不自然だろ。当然虐待《ぎゃくたい》を疑われたようだけど、裏付けるような証言も証拠もなかったみたいで」

「…………」

「もし虐待だったなら、可哀想だよなぁ。氷点下の夜にベランダへ放り出されて、そのまんま放置したってことになるし。でも、母子を知っている人は異口同音に〝娘をとても可愛《かわい》がっていた〟〝お休みの日は仲良く買い物していた〟って言ってるんだってさ。だから、もし母親が娘をそんな目に遭わせたんなら、よっぽどおかしくなっていたんだろうな」

嫌悪感に顔を歪《ゆが》め、俺は手つかずだったコップの水をいっきに飲み干した。もう帰ろうかと思ったが、あの部屋へ戻るのは絶対に嫌だ。とにかく、友人とはこの場で引っ越しについて話し合い、当座に寝泊まりできる場所くらい提供してもらわなきゃ気が済まなかった。

「まぁ、そんな事件があったんで母親もすぐ越しちゃったんだ。で、次に入ったのは若いサラリーマン。こっちは事故死ってはっきりしてるから、安心してくれ。風呂場で足を滑らせて、バスタブに頭をぶつけたんだってさ。ぱっくり側頭部が割れて、脳漿《のうしょう》が湯船に飛び散ってたらしい。ああ、でもバスタブはちゃんと取り替えたから大丈夫」

どこが「大丈夫」なんだよ、と毒づきたかったが、想像したらますます胸がムカついた。蒼《そう》白《はく》になった俺の顔色にも動じず、相手は滑らかな口調で話し続ける。焦点の定まらない瞳は恍《こう》惚《こつ》として、どこを見ているのかもわからない。

「その後は、おまえの前の住人だな。四十絡みのOLで、不倫を苦に首を括《くく》って……」

「ちょっと待ってくれ。サラリーマンもOLも、前の住人が死んだことは告知されていたんだよな？　それでも、気にしないで契約したのか？　告知義務はどうしたよ？」

「いや、それぞれ短期間だけど間に人が住んでいたから。若い男で、兄貴がバイトで雇ってたみたいだよ。半年くらい住んでから、次の住人に引き渡してたらしい。あ、そうか。全員死んでいるわけじゃないんだな。そのバイトくんだけは、死んでないんだ」

「同じ奴なのか？」

「そう聞いてるけど？」

どんな奴なんだろう、と一瞬興味が湧《わ》いた。そいつは、女の子の幽霊を視たりしなかったのだろうか。一度ならず二度までもあんな部屋に住めるなんて、絶対に普通じゃない。まして、自分の前後では人が死んでいるというのに。

思わず、背筋が寒くなった。

幽霊も怖いけど、そいつの方がもっと不気味だ。

「でも、生憎《あいにく》と今回は連絡がつかなかったんだってさ。それで、ＯＬが自殺したほとぼりが冷めるまで誰か入居できないかって話になって、たまたまおまえが家探しを……」

「そういうことは、最初に言えよ。それでも友達かよ！」

「だって、話したら断られるかもしれないし」

しれっと言い返されて、完全に頭に血が上った。何なんだ、こいつは。今日限りで縁を切ってやる。そう言おうとして、ハッと傍らの気配に気がついた。

女の子が、しゃがんでいる。

上目遣いに見上げる黒目に、羽虫が数匹蠢《うごめ》いていた。ぱくりと開いた口から、血のように真っ赤な舌が覗《のぞ》いている。窓を叩き続けたせいで、両手の指は醜く腫《は》れ上がっていた。

何で、どうして。疑問がぐるぐる脳裏を巡る。もしかして、俺が部屋に入れてやらなかったから怒っているんだろうか。それとも、勝手に花を捨てたせいか。

入れて、とひび割れた唇が動いた。ゆっくり、両手が伸びてくる。ねぇ部屋に入れてぇ。

「ひ……」

叫んで助けを求めたかったが、舌まで麻痺してしまったようだ。せめて、友人が気づいてくれないかと願ったが、奴は饒舌《じょうぜつ》にＯＬが首を括る様子をしゃべり続けている。畜生、全部おまえのせいだ。思いつく限りの罵倒《ばとう》を胸で叫んだ時、テーブルの携帯電話が再び震え始めた。同時に女の子の姿がかき消え、自由を取り戻した俺は飛びつくように電話に出る。

「もしもしっ」

誰だか知らないけど、助かった。弾んだ声で礼を言おうとして、俺は耳を疑った。送話口から聞こえてくる声に、聞き覚えがあったからだ。

『ああ、やっと繋がった。おまえ、ずいぶん電波悪いとこいるんだな。メールもラインも送れないし、電話かけても変な雑音ばっかりでさぁ。で、何か用か？　連絡くれただろ？』

それは、目の前に座っている友人の声だった。でも、そいつは今も愉快そうにまくしたてている。ドアノブに結んだ紐《ひも》のこと、断末魔に垂れ流した体液。まるで見てきたみたいに、その描写は真に迫っていた。あるいは、死んだ女が、乗り移ったかのように。

「……でさ、遺体が発見されるまで二週間かかったもんで、着ていた白いワンピースが……」

「おまえ……」

俺は、その先を言葉にできなかった。

いつの間にか、周囲から人がいなくなっている。

おまえ、誰だよ。

1

大梁《おおはり》から吊《つ》るされた埃《ほこり》まみれの裸電球の下、延々と文字を追い続けて二日になる。

改築をくり返した古い土蔵は黴《かび》臭い空気が蔓延《まんえん》し、お世辞にも居心地が好いとは言い難かったが二荒凱斗《ふたらかいと》は欠片《かけら》も意に介さなかった。何しろ、ここに収められている文献や祭具、法具の類《たぐい》は建立《こんりゅう》七百年の『御影神社《みかげ》』の歴史を克明に刻み込まれた貴重な史料たちだ。世間的には無名でも、代々宮司《ぐうじ》を務める葉室《はむろ》家に優れた霊能力者が生まれることもあって、Y県の片隅に位置するこの神社は凱斗の属する業界でそこそこ知られた存在だった。

「二人の巫女《みこ》……」

紐で綴《と》じられた記録帳を繰り、小さく口の中で呟《つぶや》く。これは『御影神社』建立に際しての覚書のようなもので、初代より後の宮司が言い伝えや記憶を交えて書きつけていたらしいが、その単語だけ上から墨で棒線が引かれているのが少し気になった。

「二荒くん、ちょっといいかな」

「……真木《まなき》さん」

開け放しておいた分厚い扉の前に立ち、九代目宮司の葉室真木が声をかけてくる。無理をおして貴重な史料に触れさせてもらっているので、凱斗は恐縮しながら立ち上がった。

「待っていてください、今そちらに……」

「いや、邪魔でなければ私が行こう。外で立ち話は暑いからね。八月も半ばを過ぎたが、晩夏と呼ぶにはまだ厳しい気温だ。その点、土蔵の方が涼しいだろう」

敷居を跨《また》いで近づいてくる真木は、常装の白い狩衣《かりぎぬ》に白緑の差袴《さしこ》姿が目にも涼やかだ。四十半ばになるはずだが、大学生の息子が二人いるとはとても思えない容姿の持ち主で、その佇《たたず》まいは常に凜《りん》と若々しかった。だが一方で、無駄のない落ち着いた物腰と深みのある朗々とした声音は百も二百も年を重ねたような貫禄《かんろく》を滲ませている。そんな相反する魅力を持ちながら、不思議と相手を緊張させない稀有《けう》な人物だった。

「喜んでいますね」

板張りの床に対面して座ると、凱斗が仏頂面を少し崩した。

「真木さんが来ると、土蔵内の空気がさざ波のようにうねります」

「私は、どういうわけか彼らに好かれやすいんだよ。だが、私がいない間も煩《うるさ》いようなら、壁に祓地符《ふっちふ》の札を貼るといい。すぐに鎮まるだろう」

「悪さはしないし、別に構いませんよ。地霊ならば、葉室家ゆかりの者でしょうし」

話している頭上で、電球がゆら、と短く揺れ始める。まるで、視えない何かがぶら下がって遊んでもいるようだ。そのまま電球はゆったりと弧を描き続け、そのたびに凱斗と真木の影が生き物のように伸びたり消えたりした。

「ここは本殿の裏手にあるせいか、陽当たりが良くなくてね。まだ三時だというのに、嵌《は》め殺しの窓からはろくに陽も差さない。二荒くんが一日のほとんどをここで過ごしていると電話で話したら、清芽《せいが》はひどく驚いていたよ」

「今日、こちらに戻ってくるんですよね。俺の方へもメールがありました。弟の明良《あきら》くんは、もう大丈夫なんですか？　ご子息が入院されるなんて、さぞ心配されたでしょう」

「まぁ……あれのことは仕方がない」

意味ありげな笑みを含んで、真木は静かに首を振る。どこまで知っているんだろう、と凱斗は読めない表情に戸惑った。隣のM県で除霊の仕事に取り組んだ際、兄の清芽を心配してやってきた明良は祟《たた》り神に憑《つ》かれて体力のほとんどを奪われた。そのため案件が片付いた後も、清芽が付き添って数日入院を余儀なくされていたのだ。

「やはり落ち着かないな」

小さく呟くと、真木はゆっくりと天井へ視線を移した。そうして、揺れる電球に向かって咎《とが》めるように目を細める。数秒、そのまま軽く睨んでいたら、嘘のように揺れが止んだ。

「……さすがですね」

呪符《じゅふ》や印も組まずに霊を従わせるのは、そう簡単なことではない。明良も似たような振る舞いをするが、やはり父子なのだと納得させられるものがあった。こんな父と弟に挟《はさ》まれて育てば、霊能力を持たない清芽が劣等感を持つのも当然だ。

「あまり好きにさせておくと、増長して厄介なモノに変化する場合がある。だが、二荒くんを追い出そうとしないところを見ると、君を気に入っているんだな」

「どうでしょうか。ただ、中学の頃、俺は真木さんに霊力の使い方を教えていただきました。いわば弟子のようなものですから、大目に見てくれているのかもしれません」

「そんなことはない。実際、明良など大変な嫌われようだよ」

「え？」

屈託なく、真木は意外なことを言う。

「なまじ桁違《けたちが》いの霊能力を有しているせいか、明良は全てが力ずくだ。有無を言わせない。本人自体の〝気〟が強すぎて、雑霊などには恐怖でしかないだろう。修行を重ねて抑止するようにはなったが、先日の入院といい、まだまだ人間的に未熟なのは否めない」

「真木さん……」

「不幸中の幸いなのは、憑かれたのが明良だったことだ。あれだから命が持ち堪えたが、並の者なら即座に死ぬか発狂していただろう」

「………」

「言い換えれば、だからこそ器に選ばれた、とも言えるがね」

やはり、と凱斗は軽く息を呑《の》んだ。

真木は、おぼろげながら気がついている。事件のあらましはわからなくとも、息子たちの身の上に何が起きたのか、明良に憑《と》りついたモノについても、ほぼ正しく理解しているのだ。

だが、この人ならそうだろう、と納得もした。真木は優れた霊能力者だが、それを抜きにしても洞察力や観察眼には人並み外れたものがある。家系とは関係なく、真に神職に就くべき資質の持ち主なのだ。

「真木さん、俺に何か話があったのでは……」

気を引き締め直し、凱斗は尋ねた。清芽たちをM県に残し、一足先にここを訪れた時に真木へ頭を下げ、『御影神社』に纏《まつ》わる史料を拝見させてほしい、と頼み込んだことを思い出す。何故かと問われたら答えるつもりだったが、どういうわけか真木は何も訊かなかった。いいだろうと頷《うなず》き、それからすぐ土蔵の鍵《かぎ》を預けてくれた。それから二日、彼が自らここを訪ねたのは今日が初めてだ。

真木は改まった口調で、単刀直入に切り出した。

「間もなく息子たちが帰ってくる。だから、二荒くんに尋ねるのは今が最良と思う」

「はい」

「率直に訊こう。君が調べているのは、〝加護〟への手掛かりだね？」

「……そうです」

ぐっと膝《ひざ》に置いた拳《こぶし》に力を込め、真っ直ぐに真木を見つめ返す。

いつ尋ねられても、答える用意はできていた。

「あらゆる霊的干渉から清芽を守る〝加護〟——俺が知りたいのは、その正体です」

「理由は？　清芽は〝加護〟を自在に使えるようになりたい、と言っているようだが」

「いえ、俺の目的は彼とは異なります」

「ほう？」

「俺は……」

凱斗は、畳み掛けるような質問に一言一句思いを込めて宣言する。

「清芽を〝加護〟から解放したいんです」

「…………」

真木はしばし沈黙し、真意を探るような目を向けてきた。恐らく、彼はこの答えをある程度予測していたのだ。父親として清芽の〝加護〟に誰よりも早く気づき、長い年月をその影響について考えてきたのだから当然だろう。

「〝加護〟から解放する……か……」

葉室家の長男、葉室清芽には神格に近い〝加護〟がついている。

彼の魂は悪鬼・悪霊にとって何よりのご馳走《ちそう》であり、生まれ落ちた瞬間から常に狙《ねら》われる立場にあった。だが、〝加護〟がある限り不浄は近づけず、害を為《な》そうとすれば問答無用で消滅させられる。その凄《すさ》まじい力は清芽自身からも霊感を奪い、その結果、本来なら優れた霊能力を有していたはずなのに、葉室家には珍しい普通の青年として成長した。

「二荒くん。今更言うまでもないが、清芽の〝加護〟は悪霊から身を守るものだ」

「わかっています」

「だが、君は解放すると言った。すなわち、清芽から〝加護〟を失わせるということだ」

「……そうです」

覚悟を問う真木の言葉に、凱斗は揺るがず頷いた。

「俺は、ずっと〝加護〟は諸刃《もろは》の剣《つるぎ》だと思ってきました」

「諸刃の剣……」

「〝加護〟の影響は強すぎる。清芽を守る一方で、神格に近い力は全てを滅ぼします」

神格に近い、というのは、謎の多い〝加護〟について唯一霊視できた僅《わず》かな情報だ。だが、それを聞いた時から凱斗の胸には一抹《いちまつ》の不安が兆していた。

どれだけ極上の魂を持とうと、清芽はただの人間だ。

人の身で背負うには、あまりに〝加護〟の負荷は重すぎる。今は何ともなくても、その歪《いびつ》なバランスはいつか清芽自身を崩壊させるのではないか——と。

「もちろん、杞憂《きゆう》に過ぎないかもしれません。〝加護〟はこのまま清芽を悪霊から守り通し、彼に平穏な生涯を与えてくれるかもしれない。でも、その場合は別の理由があるはずです」

「……清芽に、もともと〝加護〟を使うに相応しい特別な力がある場合か」

「はい。それなら、何も心配することはない。〝加護〟がどれほど強くても、彼の魂が蝕《むしば》まれることはないでしょう。でも、普通の人間だったら話は違う。いつか、〝加護〟は清芽まで食い潰《つぶ》す……その可能性を、俺は怖れています」

「二荒くん……」

自分の推測はあまりに荒唐無稽《こうとうむけい》で、すんなり賛同されるとは思えない。凱斗にも、そのくらいの自覚はあった。だが、身を以《もっ》て〝加護〟の力を実感した今、焦りにも似た気持ちが日々募っている。その感情を見過ごすわけにはいかなかった。

「真木さんもご存じの通り、俺には異質な能力があります。他人の霊能力を一時的にコピーしたり、別の人間へ移したりできる力です。先日、M県での除霊の際に、俺は初めて〝加護〟を清芽からコピーしました」

「…………」

初めて打ち明ける話だが、真木に驚いた様子はない。その可能性でさえ、とっくに見越していたという目をしている。どこまで先を読んでいるんだ、と内心舌を巻きながら、凱斗は神妙に話を続けた。

「一か八かの賭けでしたが、本音を言えばできるとは思っていませんでした。生死のかかった局面だから、奇跡が起きたのかもしれません。正直、もう一度やれと言われたら躊躇《ちゅうちょ》します。

ですが、お蔭で痛感した事実もありました。清芽の〝加護〟――あれは、本来人の身に宿っていい力ではない。それだけは確かです」

「……続けてくれ」

興味深そうに、真木が瞳を細める。凱斗以外の誰も、〝加護〟を実際に体験するなんて不可能だからだ。〝人間離れしている〟と言われる明良ですら、それだけは無理だろう。

「清芽は特に感じていないようですが、正直、俺には恐怖でした。制御不能なエネルギーが爆発的に膨《ふく》れ上がって、自分が自分でなくなるような感覚です。あれを無自覚に身内で飼っている清芽は、ある意味凄いと思います」

「それならば、〝加護〟が清芽を傷つける心配はない、とは言えないか？」

「でも、大丈夫だという確証もありません。だから、一刻も早く正体を突き止めたいんです。そうして、可能であるならば〝加護〟など失っても清芽が生きていけるようにしてやりたい。今、〝加護〟は危機に瀕した時に発動するだけでコントロールはできません。強力な思念で一瞬従えたような場面もありましたが、あくまで偶発的なものです。〝加護〟の本質は、あいつが言うような〝皆を守りたい〟なんて甘いものじゃない――それが、俺の見解です」

まだ清芽には話していませんが、と付け加え、凱斗は自身へ誓うように言った。

「俺は、千分の一、万分の一でも清芽を蝕む恐れがあるものを全て排除したい」

揺るがない決意が、胸を支配する。

長く秘めていた思いを誰かに打ち明けるのは、この瞬間が初めてだった。だが、その相手に真木ほど相応しい人間がいるだろうか。

「二荒くん」

しばし押し黙った後、真木は小さく息を吐き出した。

「今一度、君に問う。〝加護〟を失えば、清芽には悪霊が群がるぞ。魂を貪《むさぼ》り食われた者は憑りこまれ、祟りの糧となる。未来永劫《えいごう》、浄化されることは叶《かな》わない」

「……はい」

「その危険を鑑《かんが》みて、それでも出した結論なのか」

「そうです」

自分でも驚くほど、一片の迷いも浮かばなかった。毅然《きぜん》とした凱斗の姿勢に、さすがの真木も逡巡《しゅんじゅん》する。息子を悪霊の餌《えさ》にするなど、親として言語道断の選択だからだ。その確率が増すというのに、背中を押せる道理がない。しかも、凱斗の選んだ道が正しいかどうかは、全てが終わった後でなければわからないのだ。

「無防備になった清芽が、天寿を全うできると？」

「そのために、俺がいます」

「…………」

「命に代えても、清芽を悪霊の餌食《えじき》にはさせません」

その決心は、何も今生まれたものではなかった。

十三年前、修行中の『御影神社』で幼い清芽と出会い、その存在に救われた。悪霊に襲われた凱斗を助けたのは〝加護〟だが、魅了したのは持ち主の温かな笑顔だ。怯《おび》える凱斗に持っていたお菓子を差し出し、泣かないで、と笑いかけてくれた瞬間から、この子に災いが降りかからないようにと、見守ることが生きるよすがになった。

「昔も今も、それは変わりません。何を犠牲にしても、俺は清芽を守ります」

「言うは易いが、人ひとり守りきるのは並大抵のことではない。何より、どう生きるべきか道を決めるのは清芽だ。二荒くん、くれぐれもそれを忘れてはいけない」

「真木さん……」

凛と諭され、熱くなりかけた頭がハッと冷える。確かに、清芽本人を抜きに議論したところで始まらなかった。まずは〝加護〟の本質に迫り、是か非の判断をするのが先だ。

些《いささ》か決まりの悪い思いでいると、おもむろに真木が立ち上がった。

「残念だが、私はそろそろ出かけなくては。二荒くん、この続きはまた近い内に」

「あ……はい」

急いで見送ろうとすると、そのままでと止められる。彼は滑らかな動きで開け放しておいた扉へ向かい、眩《まぶ》しそうに額へ右手をかざした。

「二荒くん」

出て行く寸前、天を仰いだまま名前を呼ばれる。

「君は、どうして清芽にそこまで……」

「大切に思っているからです」

他に、どんな理由が必要だろう。

真木は少し黙ってから、「そうか」と笑みを含んだ声で言った。


敷地を囲むように鬱蒼《うっそう》と広がる鎮守の杜《もり》は『御影神社』建立以来、長きに亘《わた》って神域を守ってきた。晩夏の木漏《こも》れ日を踏みながら本殿へ戻りかけた真木は、しばらく進んだところで足を止める。すぐ脇の楠《くすのき》の陰から、背の高い青年が姿を現したからだ。

「……父さん、ただいま戻りました」

「明良か。清芽はどうした?」

「母さんや仲間たちに捕まって、母屋で話をしています。本人は凱斗の顔が見たくてウズウズしていそうだったけど、どうせ調べものの邪魔になるしって」

仲間たち、というのは、凱斗を含めた霊能力者チームの面々のことだ。

彼らは『日本呪術師協会』所属の霊能力者で、普段は単独で各地の除霊や霊障の解決などに派遣されている。だが、実験的にチームを組まされたのがきっかけで親交を深め、現在は行動を共にする機会も増えているようだ。M県での案件も結果的にチームでの除霊となり、落着した後は凱斗にくっついて押しかけてきたのだった。

「ちょっと面食らいましたよ。兄さんから聞いてはいたけど、あいつらまさか我が家で夏休みを満喫するなんて。お蔭で騒々しくて落ち着けやしない」

「そう言うな。櫛笥《くしげ》くんは家で修行をしたこともあるし、中学生の二人は毎日境内《けいだい》の掃除をマメにしてくれて助かっている。母さんも、賑《にぎ》やかになって喜んでいるしな」

「だからって……こんな何もない田舎町に……」

面白くなさそうに毒づくのは、ますます清芽との時間を削られる、とでも思っているからだろう。それでなくても凱斗が滞在中なので、明良の機嫌はすこぶる悪い。

「おまえは、相変わらず清芽にべったりだな。十九にもなって、少しは兄離れしたらどうだ」

「だって、俺がついてないと心配じゃないですか」

何を今更、とでもいうように、明良はひょいと肩を竦《すく》めた。

「凱斗は、本気であんなこと言ってるのかな。〝加護〟を失くしても自分が守る、なんて」

「明良……」

どうやら、土蔵での会話を耳にしていたようだ。しかし、そうでなくては困る、と真木は心中で思った。そのために、わざわざ息子の帰宅に合わせて扉を開け放しておいたのだ。

凱斗の決意が波紋を呼ぶことは、今からでも充分に想像できる。〝加護〟を使いこなし、共に生きていこうとする清芽とは、いずれ嫌でも対立する日が来るだろう。その時、どんな道を選ぶにせよ、二人にとって明良の存在は絶対に無視できない。

（おまえたちが邂逅《かいこう》する意味が、そこにある——私はそう感じている）

優しい印象の兄とは違い、強い目力と鮮烈なオーラを持つ次男を、複雑な思いで真木は見つめた。顔立ちこそ似ているが、清芽と明良はまるきり別の生き物な気がする。

もしも凱斗の行動がただの暴走でしかないなら、必ず止めなくてはならなかった。〝加護〟を失って清芽が悪霊に貪られることなど、絶対にあってはならない。だが、凱斗の危惧《きぐ》が正しかった場合、やはり彼だけで清芽を守るなんて不可能だろう。

凱斗を止め、清芽を守り抜く——その両方を、やってのけられる者が必ずいなくては。

「俺なら、どっちも一人でやれるのに」

父の思いを見透かすように、ポツリと明良が呟いた。

驕《おご》りでも虚勢でもなく、ごく当たり前のことだ、とでも言いたげに。

「父さん、祈禱《きとう》の予約が入っているんでしょう？　俺、着替えて手伝います」

「身体は大丈夫なのか？」

「ええ。むしろ、すっきりしています。もう、あんなヘマはしません」

その言葉が嘘でない証拠に、彼はにっこりと屈託なく微笑《ほほえ》んだ。喜怒哀楽の表情が鮮やかなのは、どうすれば人の目に心地よく映るか本能的に知っているためだ。実際、明良は昔から老若男女問わずに誰からも人気があり、世間では優等生で通っていた。不遜《ふそん》で毒舌な素の顔を見せるのは、身内か同じ霊能力者の前くらいだ。

行きましょう、と促され、真木は息子と一緒に歩き出した。明良はちらりと肩越しに土蔵を振り返り、ほんの一瞬、剣呑《けんのん》な瞳を見せる。だが、すぐさま笑顔の下へ隠してしまった。

午後の温《ぬる》い風が、頭上の木々を不穏に揺らしていく。

波乱を呼ぶ足音は、もうすぐそこまで迫っていた。

この世で一番怖いものって何だろう。

そんなお題を振られた清芽は、反射的に父親の名前を出していた。体罰をしたり激しい叱責《しっせき》をするわけではないが、後ろ暗い感情を根こそぎ見通すような瞳は畏怖の対象だ。

「ええ～。センセエのお父さん、めっちゃカッコいいじゃん。それに、天御影命《あめのみかげのみこと》が鍛えたって破邪《はじゃ》の剣、代々の宮司以外は目にすることもできないんだろ？　さっすが御神体だよな！」

もう就寝の時間だと言うのに、蚊帳《かや》を吊った客座敷の真中で西四辻煉《にしよつつじれん》が興奮気味に異を唱えた。まだ中学生なので、破邪の剣というネーミングだけでゲームのアイテムのように感じるのだろう。彼と同じ年の従兄弟《いとこ》、西四辻尊《たける》もうんうんと強い同意を示している。こちらは清楚《せいそ》な美少年だが、アニメやロボットのフィギュアが大好きだ。

「怖いって言うと語弊があるけど、清芽さんのお父さん、凄いと思います。初めてお会いした時、空気がさっと清浄になりました。僕も呼吸が楽になったし、こちらの家屋敷って結界張られていますよね？　いろんなところにお父さんの〝気〟を感じるから居心地いいです」

「そ、そんなもん？　俺、全然違いがわかんないんだけど……」

やっぱり東京《とうきょう》より田舎の空気は綺麗《きれい》だな、くらいの感慨しか抱かない清芽は、二人の勢いに面食らいつつ苦笑いを返す。束の間の夏休み満喫中の彼らは、昼からずっと元気なままだ。

「そういや、明良も言ってたな。父さんの強みは浄化にあるって」

「結界も強力なのを張っちゃうと問答無用で何でも弾いちゃうし、それだと祖霊とかまで遮断しちまうだろ。だから、あくまで緩やかな感じが気分いいんだ。ま、弊害として力の強いヤツはお構いなしで入ってこれちゃうけど、しょうがないかな……っと！」

言いながら、煉が蚊帳の外に向かって右手を突き出した。同時に口の中で短く真言を唱えると、風もないのに大きく網の一部がうねる。何かがいいたんだ、とは察せられたものの、清芽はあえてそこにはツッコまなかった。聞いたところで怖いだけだし、そもそも自分には視るどころか感じることさえできない。

「相変わらず容赦がないなぁ、煉くんは」

代わりに右隣に座っていた青年が、くすくすと品よく笑みを零《こぼ》した。眼鏡《めがね》越しの優しげな美《び》貌《ぼう》は明度を落とした蛍光灯の下でも目を奪うが、若手霊能者としてメディアで活躍しているのだから華やかな雰囲気も納得だ。

「櫛笥、そういうおまえの怖いもんは何なんだよ」

ひと回りは年上の相手に対しても、煉は臆せず偉そうな口を利く。西四辻家は平安時代まで遡《さかのぼ》る陰陽道《おんみょうどう》の名家だが、家柄に於いて青年の家は格下になるからだ。もっとも同じ流派でもなければ、櫛笥は陰陽道が専門でもないのだが、細かいことは関係ないらしい。

「せっかく夏の夜らしく、怖い話してんだからさ。ちゃんと乗ってこいよなぁ」

「霊能力者が集まって怪談話って、何かシャレにならない気もするけどね」

傍若無人《ぼうじゃくぶじん》な煉の振る舞いを、櫛笥早月《さつき》は大人らしくさらりと流す。分家の煉に比べて本家の跡取りである尊の方がよほど礼儀正しい性格で「煉がすみません、櫛笥さん」と申し訳なさそうに小声で付け加えた。

「でも、僕も興味あるな。櫛笥さんみたいな大人でも、怖いものってあるんですか？」

「もちろん、あるよ。特に、嫉妬《しっと》する女性は怖いな。僕の与《あずか》り知らぬところで争っていたり、情念が高じて生霊《いきりょう》を出したり……あと、ストーカーも嫌だよね。ゴミを漁《あさ》られたり、ネットで付き纏われるのも……」

「あのさ、今そういう生々しい話をしてんじゃねぇんだよ」

年相応に潔癖な煉が、ウンザリしたように話を遮《さえぎ》る。櫛笥のささやかな報復だと、気がついていないのだろう。三人の会話を聞きながら、清芽は思わず笑ってしまった。

八月も、残すところ十日ほどになっている。

煉たちはあと一週間の滞在予定だが、清芽が合流する前も母屋の客間で寝泊まりしながら、日中は近所を散歩したり境内や本殿の掃除をしたり、櫛笥などは凱斗を手伝って時々土蔵にも行っているようだ。観光名所があるわけでなし、数年前に隣町と合併でようやく市になったような平凡な田舎町なのに、存外楽しそうに過ごしているのが不思議だった。

「だってさ、悪霊抜きでゆっくりするなんて滅多にねぇんだもん、な、尊？」

「僕たち出張では国内あちこち行きますけど、純粋な旅行ってしたことなくて」

「え、小さい時は？　お父さんやお母さんと出かけたりしなかったのか？」

驚いて問い返すと、揃《そろ》ってあっさり首を振られてしまった。

「西四辻家は特殊な家だから、普通の家庭とはちょっと違うかな。俺や尊は家では修行だし、いろんな人間がしょっちゅう出入りしていて家族単位での行動はしない」

「僕、父とは月に数回しか顔を合わせません。現当主なので多忙ですし、母は幼い頃に病気で亡くなりましたから。煉のところは健在ですけど、やっぱり似たようなものです」

「うん、皆忙しいよな。陰陽道は吉凶を視たり占術を扱うから、お偉いさんの顧客が多いし。政治家や実業家、あと芸能人とかさ。俺は陰陽道だけじゃなくて、神道や密教も噛《か》んでるから

除霊に活かしてるけど、尊は霊視が専門だから『協会』以外でも引っ張りだこなんだ」

「煉は、〝強くなれるなら何でもいい〟ってポリシーだから……」

「ふ……ふぅん……」

本人たちは軽い雑談のつもりらしいが、清芽には世界が違い過ぎて感想すら出てこない。物心ついた頃から両親は極力、霊的なものに自分を近づけまいとしていたので尚更だ。当時は霊感ゼロのこともあって疎外感に苛《さいな》まれたが、悪霊に狙われやすい身を案じてのことだったと今ではわかっている。清芽の部屋だけ母屋から渡り廊下で繋がる離れにあるのも、より結界を強めてあるからだと後で明良に聞いた。

「でもさぁ、センセエもけっこう免疫できてきたじゃん？」

偉そうに胡坐《あぐら》をかいて、煉がニヤリと笑いかけた。先刻から彼が「センセエ」呼びをしているのは、清芽がバイトで二人の家庭教師をしているからだ。

「さっきだって、俺が寄って来た霊を祓《はら》っても平然としてたし。前までなら、絶対大騒ぎしてたよな。霊感がないのに、何がそんなに怖いんだか知らねぇけどさ」

「清芽くんだって僕たちの仲間なんだし、そういつまでも怖がっていられないさ」

ね、と櫛笥に笑みを向けられ、「いや、怖いです」とは言い難くなる。それに、この家では明良がちょくちょく似たような感じで雑霊を祓っていたので見慣れた光景ではあった。

「わぁ。やっぱり明良さんって、昔からそうなんですね！」

「〝兄さんに近づく悪霊は片っ端から潰す〟って言ってたもんな。くーっ、カッコいい！」

「ははは……」

清芽の話を聞くなり、明良に心酔する中学生コンビが喜色満面で騒ぎ出す。しかし、それも無理はなかった。何しろ、抜きん出た霊能力の持ち主と目されながらほとんど表舞台に出てこないため、その実力の一端をM県で目の当たりにしたばかりなのだ。清芽だって、自分の弟ながら明良には圧倒され続けている。仮に霊能力が彼になかったとしても、その力強い存在感、カリスマ性、唯一無二の立ち位置は変わらなかっただろう。

「で、明良くんの様子はどうなの？　もう完全に復活した？」

年長の櫛笥はさすがに冷静で、少し声を落として尋ねてきた。

「僕も、一時霊能力を失った時には明良くんの元で修行させてもらったしね。まぁ、年は僕の方が十歳は上だけど、彼はお師匠さんみたいなものだから」

「そんな、師匠なんてとんでもないです。あいつにそんなこと言ったら、調子に乗りますよ。櫛笥さん、もともとメンタルな問題だけで力そのものは失くしてなかったじゃないですか」

「あの王様が、僕の言葉くらいで有頂天になんかならないよ」

軽く笑い飛ばし、大丈夫そうなら良かった、と彼は独り言のように呟いた。

「そういや、二荒くんはまだ土蔵かな。夕食の後、すぐ消えたよね」

「あ、そうみたいです。こっちにいる間は、一分も無駄にできないって」

「せっかく清芽くんが合流したのに？　彼、何をそんなに焦ってるのかな」

感心しないな、と眉《まゆ》を顰《ひそ》める櫛笥に、清芽は慌ててフォローしようとする。だが、本音を言えば自分も同じようなことを考えていたので、擁護《ようご》の言葉が上手く出てこなかった。ようやく二人でゆっくりできると思ったのに少しも母屋にいないし、食事の際に短い会話を交わしただけで「後でな」とそそくさと消えてしまったのだ。後でっていつだよ、と不満を堪えているだけに、笑顔が強張るのが自分でもわかった。

「まぁ、焦って当然だろ。〝加護〟の正体なんて、簡単にわかれば苦労しないよ」

「明良……」

揶揄《やゆ》するような声音に、思わず視線を移す。誰かと思えば、寝間着代わりの浴衣《ゆかた》を着た明良が無遠慮に障子を開けて入ってくるところだった。色めきたった煉と尊が蚊帳をめくって「どうぞどうぞ」と歓迎したが、彼はあっさり無視して口を開く。

「兄さん、もう寝ようよ。俺、今晩一緒に離れ行くから」

「は？　おまえ、何言ってんだ。自分の部屋で寝ろよ」

「だって、兄さんを一人にしたら夜中に誰かさんが忍び込んでくるかもしれないだろ。同じ屋根の下でそういう真似《まね》をされたら、俺だって困っちゃうし」

「し、しないよ、何にも！」

困っちゃう、なんて可愛い反応ではないことは、誰の目にも明らかだ。人前で何てこと言うんだと狼狽《ろうばい》しながら否定すると、たまりかねたように櫛笥が笑い出した。

「凄いな、明良くん。ここまでストレートに牽制《けんせい》されたら、確かに何もできなそうだ」

「く、櫛笥さんっ。変に煽《あお》るようなこと言わないでくださいっ」

「なぁなぁ、誰かさんって二荒さんのことだろ。じゃあ、明良さんの言い分も当然じゃね？」

さらっと真実を突いて、煉が無邪気に割り込んでくる。

「俺だって、もし尊に男の恋人ができたって言われたら困るし。どんだけ美少女なカノジョでも面白くないのにさぁ、よりによって男とかありえな……むぐぐっ」

「いいから！　煉はもう黙りなよ！」

「むぐむぐ……」

「ごめんなさい、清芽さん。あの、気にしないでくださいねっ」

ナチュラルに暴言を吐く煉の口を、尊が血相を変えて両手で塞《ふさ》ぐ。自分のことまで引き合いに出されたので、その顔は真っ赤になっていた。

「うん、いいよ。大丈夫だから」

すっかり毒気を抜かれてしまい、清芽は仕方ないな、と苦笑いを浮かべる。

「むしろ、君たちや櫛笥さんには感謝してるんだ」

「え……」

「俺と凱斗が付き合っているって知っても、態度を変えないでくれてるだろ。それだけでも、ずいぶん助かってるんだ。やっぱり、普通の恋人同士とは違うって自覚はあるから」

「清芽さん……」

「センセエ……」

それは、掛け値なしの本音だった。全国各地の霊障をチームを組んで除霊する――そんな危険な仕事を生業《なりわい》としている以上、仲間内に恋人同士がいればどうしたって気を遣うだろう。まして、自分と凱斗は同性だ。

「しょうがねぇよ。二荒さん、センセエが五歳の時から見初めてたって言うし。そんな年季の入った初恋、実らせてやりたいじゃん。まぁ、ちょっとキモいけど」

照れ隠しなのか、新たな暴言を交えつつ煉が「へへ」と笑う。尊は、もはやツッコむ気力もないようだ。やれやれと脱力し、やがて開き直ったように微笑んだ。

「僕、お二人とも大好きだから全然気にならないです」

「考えてみれば、一途というか執念深いというか、とにかく凄い男だよねぇ、彼」

「櫛笥さん……」

便乗して口を挟む櫛笥に、煉と尊が「そうそう」と深く同意を示す。ほのぼのとした空気が広がりかけた時、蚊帳の向こうで明良が小さく溜め息《たいき》を漏らした。

「で、どうすんの、兄さん?」

「どうすんのって……?」

「俺と一緒に離れ行くの？　行かないの？」

「明良……」

まるきり流れを無視した問いかけに、まいったな、と返事をためらう。兄弟なんだから一緒に寝るのは構わないが、こうまで強硬に言い張られるとは思わなかった。まさか、本気で凱斗が夜這《よば》いをかけてくるとでも思っているのだろうか。

「えーと……」

煉たちの視線が、興味津々《しんしん》で集中するのがわかる。ますます居心地が悪くなり、清芽はついに観念して立ち上がった。どうせ、明良は言い出したら聞かないのだ。

「わかった、行くよ。どのみち、もう寝る時間だし」

「え、少しは俺とも話そうよ。久しぶりに実家戻ったんだから、思い出とかさ」

「おまえとの思い出って、メインは怪談ばかりじゃないか。天袋から毎晩お婆さんが這って出て来るとか、押入れの隙間から血まみれの指が見えるとか、四つん這いの子どもが……」

「何それ！　めっちゃ怖いじゃん！」

「人の経験談だと、何か新鮮です！」

先ほどまで怪談話に興じていたせいか、煉と尊が前のめりで食いついてくる。櫛笥がはいはいと二人を抱え、保父さんよろしく「おやすみ、清芽くん、明良くん」と話を締め括った。

「櫛笥の奴、いつの間にか兄さんを名前呼びにしてるんだな」

自室へ戻る途中、先を歩いていた明良が渡り廊下でふと足を止める。物言いたげな背中が気になって、清芽はぽん、と軽く彼の肩を叩いた。

「どうした？　やっぱり布団一組、運んでくるか？」

「夏なんだから、雑魚寝《ざこね》で構わないよ。そうじゃなくてさ……」

「え？」

少し言い澱《よど》んでから、彼は思い切ったようにこちらへ向き直る。薄暗い照明の下、どこか思い詰めたような瞳が真っ直ぐに清芽を捕えていた。

「な、何だよ、明良。どうし……」

「兄さん、俺が祟り神に憑かれた理由、知ってる？」

「…………」

「おかしいと思わなかった？　この俺が、易々とつけ入られるなんて」

「明良……」

いきなり何を言い出すのかと、清芽は激しく面食らった。

M県での案件は解決したし、明良はすっかり元気になって退院した。何もかも済んだことなのに、今更理由だけ尋ねたところで仕方がない。

「本当にそう思ってる？　気にならないの？」

「それは……」

貫くような視線は、僅かな逃げも許さなかった。清芽は狼狽し、あえて知ろうとしなかった自分に気がついてしまう。尋ねる機会は幾らでもあったのに、何故だか知るのをためらった。そんな気持ちを見透かされたようで、上手く答えることができなかった。

「教えてあげようか」

不意に、耳元へ唇が寄せられる。耳たぶに甘く息がかかり、ぞくっと震えが走った。

「あき……」

「兄さんが、凱斗に抱かれてる声を聞いちゃったからだよ」

「………」

嘘だ、と咄嗟に否定しようとしたが、猛烈な羞恥《しゅうち》がそれを阻《はば》む。かあっと頭まで血が上り、いっきに体温が上昇した。まさか、とは思うが、絶対にないとは言い切れない。一度だけ、確かに凱斗と寝たからだ。家には誰もいなかったが、明良が祟り神に憑かれて姿をくらましたのは翌日の朝だった。符号が次々と一致し、清芽はどんどん混乱する。

「だからね、兄さん」

にっこりと、明良が笑って言った。

「ここでは、俺を優先してくれるかな？」

趣味は廃墟巡りです、なんて言うと、大抵の人は「え、廃墟?」と訊き返してくる。まして私は女だから、人によっては「えー、危なくないんですか?」と眉を顰められたりもする。

「いや、危ないところが魅力なんですよ。だって廃墟ですよ? 見捨てられ、寄りつく人間もなく、長い年月で朽ち果てた建物です。健全・安全な廃墟なんて、ありえないでしょ!」

私がそう熱弁を振るうと、質問した相手は苦笑いを浮かべた。

「ありえない、ですか。もちろん老朽化の心配もありますが、それだけじゃなくて……」

「ああ、ホームレスが住みついていたり、自殺体を発見したりってこと?」

「ええ……まぁ、そういうことも……」

屈託なく答えたせいか、相手は少し引いたみたいだ。すぐに取り繕うような笑顔を作ったけれど、嫌悪の色が一瞬出たのを私は見逃さなかった。

しょうがないじゃないの、惹《ひ》かれるんだから。

心の中で言い訳しつつ、私は黙々と先を急いだ。この林道の先に、十年近く空き家となっている民家がある。私も行くのは初めてなんだけど、今回に限っては趣味じゃなくて仕事だ。地方公務員として地域の苦情を受け付ける課に配置換えされ、最初に与えられたのが「住人が夜逃げして以来、廃墟と化している××家の建物を何とかしてほしい」だった。

「親としては心配ですもんね。子どもが入り浸って不良の真似事したり、妙な溜まり場にでもなっていたら。私が小学生の頃は、お化け屋敷って呼ばれてた家なんですよ」

同行している相手が、いかにもな意見をしたり顔で口にする。ふぅん、お化け屋敷かあ。私は心の中で呟いた。それはそれで、ちょっと興味があるなぁ。

「私、中学でこの町へ越してきたので知りませんでした。灯台下暗し、ですよね。ここなら、実家から歩いて来られるわ。空き家探検とか、わくわくしません？」

「はぁ……」

「ま、私の本命は廃業したホテルとか、レジャー施設なんかの大物で……きゃっ」

「大丈夫ですかっ？」

何かに引っかかって転びかけた私を、相手が間一髪で支えてくれた。良かった、泥だらけになるところだった。林道って、どうしてこんなに道が悪いんだろう。

「すみません、ありがとうございます」

「いいえ、気をつけてくださいね。一昨日の雨で、あちこちぬかるんでますから」

愛想よく微笑まれ、何だ、そんなに感じ悪くないじゃない、と思った。もしかして、変わった趣味なのを意識しすぎていたのは私の方だったかも。うん、そうよね。アニメキャラのコスプレしてまーすとか、年甲斐《がい》もなく十代のアイドルを追っかけてまーすとか、そういう方が絶対おかしいもん。廃墟ブームはサブカルの一種だし、写真集とかもアートっぽいの多いし、考えてみればそんなに変な趣味でもないんじゃないかなあ。

「あ、パンツの裾《すそ》が汚れちゃってますね。泥が撥《は》ねたのかな」

「やだ、本当ですか？」

あ～あ、という声に反応して、私は急いで足元に視線を落とした。まさか今日視察を頼まれるとは思わなくて、うっかり薄水色のパンツスーツで出勤しちゃったのよね。事前に言ってくれたらジャージとか持参したのに、クリーニング代とかちゃんと出るのかなぁ。

「――え」

胸で毒づいていた私は、思わず自分の目を疑った。言われた通り、左側のパンツの裾には泥がこびりついている。でも、問題はその形だ。

「何……これ……」

そこにあるのは、指の跡だった。

ちょうど足首を掴む位置に、べったり手形がついている。

「…………」

あ、と転びかけた時のことを思い出した。何かに引っかかったと思っていたけど、まさか正体はこれだったんだろうか。え、でも、待ってよ。足首を掴むなんて、土から手が生えない限り無理だってば。そんなことあるわけないし、掴まれたというほど強い力じゃなかった。せいぜい、軽く引っ張られたくらいで……だから……。

「ほら、あそこですよ、××家」

混乱中の私に、同行者は明るく前方を指差した。道の突き当たりに、古びた廃屋が見える。もともと近隣に家はなかったのか、背後は陰気な林に囲まれていた。

「何だ……意外と普通の家ですね……」

ホッと胸を撫で下ろし、考え過ぎだ、と自分へ言い聞かせた。たまたま泥の撥ね具合が手に見えただけで、びくびくするなんて情けない。今まで出かけた廃墟には有名な心霊スポットもあったし、もっと不気味な建物もたくさんあった。それに比べたら、ここはごく普通の空き家じゃないの。何の変哲もない、ただ人が住んでいないだけの家。

「ええと、視察って言うのは何をすれば……」

「家屋の傷み具合とか、持ち主を推察できるものとか、そういうのをチェックすればいいんじゃないでしょうか。もう四時だし、早いところ始めましょう。電気は通ってないから、陽が落ちちゃうと不便ですよ」

「わ、わかりました」

こういった案件は慣れているのか、同行者のてきぱきした物言いに私は感心した。そういえば、この人はどこの課から派遣されて来たんだろう。今の市役所に勤めて六年になるけど、一度も見かけたことがないなあ。

「家の持ち主って、役所の記録とかでわからないんですか？」

「さぁ、どうなんでしょう。一家心中しちゃったから、難しいんじゃないんですか」

「え……？」

ちょっと待ってよ。一家心中なんて、私は聞いてない。

ギョッとする私を、相手が肩越しに振り返った。右手に持った鍵をゆらゆら左右に振りながら、「ほら行きますよ？」と笑いかけてくる。私の顔が引きつったので、和ませてくれようとしたのかな。でも、生憎と私は笑い返すことができなかった。

だって。

私の左足を、何かが引っ張っている。

ううん、違う。そうじゃない。私はゴクリと唾《つば》を呑んだ。今度は、はっきりとわかった。

左の足首を、摑まれている。捩《ね》じるような凄い力で、一歩も歩かせまいとするように。

「や……やだ……」

「どうしました？　顔色、真っ青ですよ？」

身体が小刻みに震え出し、助けてと言いたかったのに口がまわらなかった。まるで悪夢を見ている時みたいに、少しも足に力が入らない。お願い、助けて。何でもするから。心の中では絶叫しているのに、言葉はひゅうひゅうと掠《かす》れた息にしかならない。

「たす……け……」

喉《のど》に穴があいたような、か細い音が切れ切れに漏れた。でも、それで充分だったようだ。相手は私の異変に気づき、ハッと顔色を変えると物も言わずに私の手を握った。

「行きましょう」

そう言うなり、ぐんと手を引っ張られる。足首に絡みついた指が、そうはさせじと服の上から爪を立てた。痛い！　と叫びたかったが声は出ず、私は動物のように低く呻く。だけど同行者は少しも容赦せず、力任せに私の右手を引っ張り続けた。

「いた……い……いた……い……」

のろのろと前のめりに進みながら、ズキズキ痛む足首をちらりと見た。青白い腕が地中から伸び、食い込んだ爪が滴る血で真っ赤に染まっている。恐怖と痛みで理性が吹っ飛び、私は獣のようにううと呻き続けた。

「頑張って、あと少し」

「う……あ……」

「頑張って」

同行者は、私を引きずるようにして何とか玄関まで辿《たど》り着く。ひび割れたコンクリートのアプローチに点々と血の染みが続き、あの腕はいつの間にか消えていた。

「早く中へ」

鍵を開けた相手に追い立てられ、逃げるように室内へ逃げ込んだ。バタン、と音をたててドアが閉まった瞬間、安堵《あんど》の余り泣きそうになる。もう大丈夫、ここまでは入って来られない。

そう思う反面、でも……と新たな不安が胸に兆した。

「ねぇ、もう一、二時間もすれば陽が落ちるんですよね」

「ええ」

「そうしたら、どうやってここから帰ればいいの？　外には、あれがいるのに」

「…………」

口にした途端、しまった、と後悔した。まるで言霊を待っていたかのように、ドアの向こうでガリガリと引っ掻《か》く音がしたからだ。耳障りな雑音に耳を塞ぎたくなったけど、同行者はやけに冷静にドアを見つめている。

「あの……」

その時になって、やっと変な人だと思った。

こんな状況で、この人は何で落ち着いていられるんだろう。そもそも、何て名前だっけ。

「あの、聞いてます……？」

「そうですね、出ない方がいいですよね。外には、あれがいますから」

私の言葉を反芻《はんすう》して、相手はにんまりと微笑んだ。歪んだ笑いだ。ガリガリガリ、と絶え間なく続く引っ掻き音。もしや、と背筋がぞっとした。私は、とんでもない間違いを犯したんじゃないだろうか。

左足に絡みつく指。

血が出るほど、私を引き止めようとした爪。

「わ、私、帰り……」

みしり、と部屋の奥で音がした。玄関から真っ直ぐ伸びた廊下の先は、暗くてよくわからないけど多分、台所だ。そこから、何かがやってくる。みし、みし、と床の軋《きし》む音が、ゆっくりと、けれど確実にこちらへ近づいてくる。

「だ……誰か住んでいるんですか。あ、ホームレスとか悪戯《いたずら》好きの子どもとか……」

思いつくまま口にしながら、そんなわけはない、と私は否定した。この足音は子どもじゃないし、ホームレスだろうが何だろうが、普通の人間ならとっくに姿が見えているはずだ。

――普通の人間なら。

「帰る！」

一言叫んで、ドアノブへ飛びつこうとした。でも、素早く手を掴まれてそのまま身動きが取れなくなる。名前も知らない、どこの配属かもわからない相手が、ひょいとこちらを覗《のぞ》き込んだ。空虚な穴が二つ、私を間近から見つめていた。

「好きなんでしょ、廃墟」

「ひ……」

ドアを引っ掻く音は、いつしか途絶えていた。代わりに、背後の足音がますます近くなる。みし。みし。みし。みし。

「ひ……ッ……ひ……ッ」

喉が恐怖にひくついた。喘《あえ》ぎながら、私は思い出す。

そうだ。最初から、こんな人はいなかった。私は、一人で視察に出たんじゃないか。それが、いつ二人に増えたんだろう。林道を歩いている時？　廃屋が見えた時？　それとも。

ダメだ。思い出せない。怖い。怖い怖い怖い怖い怖い。

足音は、すぐ後ろまで迫っていた。霧のような闇が周囲を包み、耳から鼻から口から入り込んでくる。凄まじい憎悪の念が身体を蝕み、頭が破裂しそうに熱くなった。助けて。誰でもいい、助けて。ここから出して。私を出して。

「ぐ……」

目玉が、眼窩《がんか》で引っくり返るのがわかった。熱い。何も見えない。

舌が引っ張られたように飛び出して、もう呻き声も出てこない。

ああ、こんなところ来なけりゃ良かった。こんなところ、来なければ……――。

朽ちた家に呑み込まれながら、自分の言葉がぐるぐる脳内を回り続ける。

『いや、危ないところが魅力なんですよ。だって、廃墟ですよ？』

2

翌日、朝食の席に凱斗《かいと》は現れなかった。

寝坊したのかと思い、メールだけ送信しておいたが、返事がないまま昼食にも姿を見せない。さすがに清芽《せいが》は心配になり、もしや根を詰め過ぎて倒れているんじゃないかと慌てて電話をかけてみた。すると、普段と変わらない調子で出た挙句、どうやらメールに気づくどころか食事を取るのを忘れていたようだと言われて絶句する。こっちは調べものの邪魔になってはいけないと、なるべく連絡を控えていたのに脱力する思いだった。

「……じゃあ、別に遠慮しなくてもいいってこと？」

母親が作ってくれたおにぎりと冷えた麦茶を保冷ポットに詰め、土蔵へ差し入れにきた清芽は、黙々と食事する恋人を溜《た》め息《いき》混じりに見つめる。

「何だ、気を遣って損した。凱斗、昨日も忙しそうだったし、ろくに話もしないで土蔵へ戻っちゃったからさ。てっきり、俺はいない方がいいのかな、なんて……」

「バカなことを言うな。俺が調べてるのは〝加護〟だぞ。当事者はおまえだろうが」

「そうなんだけど……」

実際、何か役に立てるとも思えないので、もどかしい気持ちで口ごもる。それでなくても昨夜は明良《あきら》にとんでもない告白をされ、羞恥《しゅうち》のあまり死にたくなったほどなのだ。よりによって身内に睦言《むつごと》を聞かれるなんて、思い出しただけで大声で喚《わめ》きたくなる。

「もう、俺、明良の顔がまともに見られなかった……」

凱斗に事情を話した後、清芽は土蔵の床に突っ伏した。

「でもさ、あいつも卑怯《ひきょう》だと思うんだよな。こっちが狼狽《ろうばい》してるのを逆手に取って、我儘《わがまま》言い出すんだから。何が〝ここでは俺を優先しろ〟だよ。いい加減、兄離れしろって言うんだ」

「明良が、そう言ったのか?」

「そうだよ。優先も何も、凱斗は土蔵に籠《こ》もりきりじゃないか。そう答えたら、そういう問題じゃないとか何とか……。あ、あと……」

昨夜の明良とのやり取りが、克明に脳裏に蘇《よみがえ》る。渡り廊下で足を止めたまま、憮然《ぶぜん》とする清芽の肩へ明良は俯《うつむ》いて額を寄せてきた。そうして、まるで念でも押すように囁《ささや》いたのだ。

『この家ではダメだよ?』

何が……とは、訊《き》かずともわかった。するかよ、バカ。頭に来て邪険に振り払ったら、くすくすと楽しげに笑い出す。言霊《ことだま》か、と清芽は忌々《いまいま》しく思った。元から親と同じ屋根の下で凱斗と寝る気はなかったが、今の言葉で完全に罪悪感を植え付けられた。

「あいつ、以前はあそこまで俺にべったりじゃなかったんだけど」

「…………」

「でも、もし俺と凱斗のことで明良を動揺させたんなら……ちょっと責任は感じる。だって、祟《たた》り神に憑依《ひょうい》されるなんてよっぽど虚ろになってたってことだろ。あいつ、最強なんて呼ばれてるけど案外脆《もろ》いところがあるから、俺が気をつけて……」

途中で、ふっと言葉を飲み込んだ。頭上に影が差し、何かと目線を上げる。いつの間にか凱斗が近づき、すぐ間近からこちらを見つめていた。

「え……何……」

漆黒の瞳に、じりじりと焼けつくような色が浮かぶ。口数が少ない分、彼の眼差しに清芽は敏感になっていた。俄《にわ》かに張り詰める空気に、何か言わねばと気ばかりが焦る。

「凱……ん……ぅ……」

おしゃべりはもういいと言わんばかりに、柔らかな感触が押し付けられた。大胆に侵入してきた舌が、巧みに口腔《こうこう》内を刺激する。煽《あお》るような愛撫《あいぶ》に身体が疼《うず》き、鼓動が淫《みだ》らに高鳴った。

「ん……」

強引に搦《から》め取られた舌から、蕩《とろ》けるような快感が広がっていく。

愛撫に崩れかける清芽を、凱斗の腕が力強く抱き寄せた。不意を衝《つ》かれた口づけは、明良の言霊を溶かすのに充分な甘さを持っている。強引な仕草に奪われる喜びを感じ、清芽はその胸へ猫のように頬《ほお》を擦《す》り寄せた。

「凱斗……」

溜め息混じりに名前を呼ぶと、そっと髪の毛に口づけられる。触れ合えるほど近くにいながら、無理に抑えていた分胸は弾んでいた。こうして彼の体温を感じていれば、尽きぬ泉のように愛おしさが溢《あふ》れてくる。漠然とした〝加護〟への不安や、何の役にも立っていないのではないかという歯がゆさが、唇の熱を通しただけで前向きな気持ちへと変わっていった。

「――上書き」

「え？」

ボソリと低く呟《つぶや》かれ、何の話かと面食らう。目を合わせた凱斗は唇の端を上げると、何も言わずに満足げな笑みを浮かべた。そのまま床に放り出したカバンへ右手を突っ込み、ほら、とお菓子を差し出してくる。

「食うか？」

それは、二人の間では定番となった駄菓子のチョコレートだった。

初めて会った時に幼かった清芽があげたもので、それ以来、凱斗のお守り代わりになっている。大の男がロケットを模したイチゴ風味のチョコをカバンに常備し、何かあると口へ放り込んでいる図にも最近では慣れっこになった。

「あ、残念、中で溶けてるみたいで、振っても出てこないや」

「本当か？　くそ。こんなことなら、惜しまず食っとけば良かった」

「惜しんでたの？　高いもんじゃなし、コンビニでいくらでも買えるのに」

「おまえが、探し回って買ってきたヤツだ」

「………」

　本気で落胆しているらしく、凱斗は未練がましく箱を弄《もてあそ》んでいる。拗《す》ねた少年のような横顔に、清芽は苦笑を禁じ得なかった。

「そんなに落ち込まなくても、お守りなら他にもあるだろ」

「他って？」

「俺とか」

　軽い冗談のつもりだったのに、凱斗は真顔でこちらを見返してくる。何だか猛烈に恥ずかしくなり、慌てて視線を逸《そ》らそうとした――が。

「まぁ、チョコよりは甘いな」

　ニヤリと意地悪く笑んで、凱斗が照れもなくうそぶいた。清芽は居たたまれなくなり、再び床に突っ伏しそうになる。いつもは軽口など叩《たた》かないだけに、たまの爆弾発言にはかなりの破壊力があった。

「あ～あ、もう。〝加護〟の謎について調べるために実家まで来たのに、俺ってば振り回されてばっかりだ。結局、凱斗に任せきりで俺自身は何も摑《つか》めてないし」

「そうクサるな。ちょうど、おまえに訊こうと思っていたこともある」

「俺に？」

「〝二人の巫女《みこ》〟――この言葉に、何か思い当たることはないか？」

「〝二人の……巫女……〟」

思わず口の中で反芻《はんすう》したが、生憎《あいにく》と何も心当たりがない。『御影《みかげ》神社』は宮司《ぐうじ》の真木《まなき》と社務所を取り仕切る母親で事足りてしまう、ごく小さな神社だ。晦日《つごもり》や夏越の大祓《おおはらえ》など人出が必要な時には明良が帰郷したり、町内会の氏子が手伝いにくるが、バイトでも本職でも巫女をお願いしたという記憶はなかった。

「そうか。もしかしたら、口伝《くでん》か何かで長男には伝わっているかと思ったんだが」

清芽の話を聞いて、凱斗は小難しげに溜め息をつく。

「昨日、史料の文献を読んでいて見つけたんだ。神社建立《こんりゅう》の際の覚書で、どうも祭神の憑代《よりしろ》に巫女が二人選ばれていたらしい。ただ、奇妙なのは上から棒線で消されていて、それ以外どの史料を漁っても一文字も出てこない」

「書き間違えたとかじゃなくて？」

「可能性はゼロじゃないが、考え難いな。その覚書は後世の宮司が記したものだから、後から訂正が必要になるような不確かな記述はしないだろう。誤字ならともかく、単語そのものを間違えるのは不自然な気がする」

「う〜ん、それもそうだけど……」

もし神社建立に二人の巫女が関わっていたとして、それは〝加護〟に関係するのだろうか。

清芽が疑問を口にすると、凱斗は「わからない」と首を振った。

「ただ、以前も話したように〝加護〟の正体は、葉室《はむろ》家に縁《ゆかり》のある者じゃないかと仮定をたてている。順当に考えて、無関係な存在が気まぐれについたとは思えないからな。それなら、先祖や代々の宮司が仕えてきた祭神、建立に携わった人間等から当たっていくしかない」

「確かに、縁もゆかりもない俺を守るっていうのも変だもんな」

「加えて、稀代《きたい》の霊媒《れいばい》師と呼ばれる尊《たける》でさえ表層しか霊視できない存在だ。ただの人間だったとは考え難い。もともと特別な力を持っていたか、あるいは初めから人ではないものか……」

「それって……」

まさか、と思いつつ、清芽は息を呑《の》んだ。

『御影神社』の祭神は、火を司る天御影命《あめのみかげのみこと》だ。御神体は、彼が鍛えたとされる破邪《はじゃ》の剣。悪鬼・悪霊を一振りで薙《な》ぎ倒す退魔の武器だ。

「や、さすがにそれはないよね。それこそ、煉《れん》くんが大好きな漫画のネタになっちゃうし」

「ああ。神が人の守護者に降りるのは難しいな。まして、おまえは何の修行もしていない。普通は負荷が強くて精神も魂も耐えられないはずだ。だから、俺は……」

不意に、凱斗が話を止めた。珍しく、微《かす》かな惑いが表情を彩っている。どうしたんだろう、と不思議に思って目で問いかけたが、口ごもったままフイと逸らされてしまった。

「……とにかく」

急に語気を強め、凱斗は強引に話を戻す。

「その昔、天御影命が生んだ火の欠片《かけら》を一人の若者が飲み込んだ。彼は神託を受け、修行した後に『御影神社』を開いた。それが、真木さんから聞いた言い伝えだ。けれど、その際に二人の巫女を召喚したという話はない。この、消された一行以外には」

「………」

「どうして、筆記者は記述を消したんだ。まるで、残していてはまずいみたいに」

そこまで語った後、ようやく彼は視線を戻す。だが、こちらを見るなりサッと顔色が変わった。凱斗の話に思わず考え込んでいた清芽は、異様な空気に気後れしながら「何だよ……」と訊き返す。だが、答えを聞くより先に自分の目で異変に気づいてしまった。

「な……んで……」

半袖《そで》シャツからむきだしになった両腕に、鳥肌が立っている。まったく原因がわからず、薄気味悪さに清芽は狼狽《ろうばい》した。まるで、今の巫女の話に呼応したかのようだ。

「清芽……おまえ……」

「や……何だよ、これ。どうして、いつの間に……」

頭上で、風もないのに裸電球が揺れ出した。勢いはすぐに激しさを増し、自分たちの影が土蔵の壁に映ったり消えたりをくり返す。怯《おび》える清芽を素早く引き寄せ、凱斗が梁《はり》をめぐらせた天井の一点をきつく睨《にら》みつけた。

「な、何かいるの……」

「反応するな。寄ってくる」

すかさず制され、慌てて口を閉じる。

凱斗は暗闇を凝視したまま、印を組んでおもむろに唇を動かした。

「ナウマク・サマンダ・バザラダン・カン！」

視線の先で、パチッと空気が震えた。同時に派手な破裂音がして、揺れていた電球が粉々に砕け散る。思わず小さな叫び声をあげ、清芽は降りかかる破片に目を閉じた。

「会話に出しただけで、これか……」

忌々しげな声を漏《も》らし、長く凱斗が息を吐く。

「な、何だよ、今のどういうこと……」

「棒線で消したのは、単なる間違いじゃなかったってことだ。後で真木さんに尋ねようと思ったが、そうするまでもなかった。〝加護〟との関係の有無はわからないが、どちらにしても厄介な予感がする。清芽、おまえの鳥肌が何よりの証拠だ」

「え……？」

「普通なら、おまえに霊的干渉は生じない。そもそも、感じないんだから反応するはずがない。

そいつは、〝加護〟からの警告と取るべきだ」

「……どうして……」

思いも寄らない指摘を受け、何が何だかわからなくなる。警告と言うからには、恐ろしいことが起きるのだろうか。それは、〝加護〟の力さえ脅《おびや》かすようなものなのか。

「凱斗、天井に何が視《み》えたんだ……？」

勇気を振り絞って、尋ねてみた。

「祓《はら》わなきゃいけないような、危険なモノだったのか？」

「おまえは気にするな。中途半端に知れば、妄想が恐怖を生む」

「でも……」

「とにかく、もう消えたから心配はいらない。多分……」

「え？」

険しい表情で言い澱《よど》む凱斗に、相当まずい部類なんだろうと見当をつける。

「多分、顔を見せに来たんだろう」

「…………」

誰が、誰に。

重ねてそう訊きたかったが、もう気力が続かなかった。

「やっぱり、センセエたちにも声かければ良かったんじゃね？」

雑木林に囲まれた道で、拾った枯れ枝を機嫌よく振りながら煉が言う。隣を歩く尊は無言で微笑《ほほえ》んだが、疲れたのか声に出しては何も言わなかった。

「なぁ、櫛笥《くしげ》はどう思う？」

「お邪魔だろうね、どう考えても」

笑って答えた後で、前方を歩く明良へ「そうだよね？」と話しかける。昼食後、凱斗への差し入れを用意している清芽を見て、誘うのは遠慮しようと提案したのは櫛笥だった。今頃、二人は仲良く史料なんぞを眺めているかもしれない。

「俺に同意を求めるな。ていうか、何でおまえら付いてくるんだ」

不機嫌極まりない口調で、振り返りもせずに明良が毒づいた。ただでさえ清芽が土蔵へ行ったと聞いて面白くないところへ、お呼びでない面々が勝手に付いて来たのでウンザリしているのだろう。追い払う労力さえ惜しいのか無視を通していたが、それさえ意に介さない櫛笥たちの態度にとうとう我慢も限界のようだ。

「まぁ、そうカリカリしないで。大丈夫、中学生の引率は僕がするから。それに、君の仕掛けた呪《じゅ》を破るなんて聞き捨てならないからね。個人的にも、大いに興味があるな」

「おまえ、嫌みの天才だな」

肩越しにジロリと睨みつけ、またプイと明良は背中を向ける。だが、彼が清芽以外には興味がなく、態度が極端に悪いことを気に病む者は一人もいなかった。それよりも、早く目的地に着いて状況を検分したい、と気持ちを滾《たぎ》らせている。明良の凄《すさ》まじい霊能力はM県でさんざん目の当たりにしたので、その呪が破られたとなれば好奇心がそそられても無理はなかった。


『それって、あの廃屋ですか。雑木林にある一軒家の』

境内《けいだい》の掃除を終えた煉と尊が、掃除道具を蔵へしまっている時だった。

緊張を帯びた明良の声が耳に入り、興味にかられた二人は物陰から様子を窺《うかが》ってみる。本殿の脇で立ち話をしていたのは、明良と宮司の真木だった。

『そうだ。警察などで特定されたわけではないが、あそこに原因があると私は思う』

『でも……』

決して煉たちの前では見せない、困惑した表情を明良は浮かべる。

『今更、不浄による影響が出るなんて考えられない。だって』

『やはり、おまえか。あの地に禁足の呪をかけたのは』

溜め息混じりに言われ、気まずい沈黙がしばし続いた。恐らく、独断でやったことなのだろう。やれやれと呆《あき》れたような真木の様子が、それを物語っていた。

『先日、廃屋の調査へ向かう途中で、女性が行方を絶ったそうだ。神隠しと噂《うわさ》されているが、恐らくもう見つかりはすまい。生身の者に災いを為《な》したということは、あそこに巣食っていたモノが悪霊化した恐れがある。おまえの呪を解除するほどの、何かが潜んでいるはずだ』

『女性の失踪は、間違いなく廃屋の影響なんですか』

『知り合いの娘さんだ。無事かどうか視てほしいと、写真を見せられた』

『ああ、そういうことか……』

妙に納得した声で、明良が息を吐いた。写真から霊視をして、真木は女性の死を確信したのだろう。それも、安寧《あんねい》とは程遠い、見過ごしてはおけない状態のものを。

『わかりました。俺が様子を見てきます』

自ら申し出る息子に、真木は厳しい瞳を向ける。

『明良、私は常からおまえに軽々しく呪を使うなと言っている。頭から捻《ね》じ伏せるようなやり方には限界があるからだ。力の拮抗《きっこう》は、いずれおまえ自身を滅ぼす結果を招きかねない』

『…………』

『くれぐれも、立ち位置を誤るな。謙虚であることを忘れてはならない』

『……はい』

神妙な様子で、明良は頷《うなず》いた。そういう顔も、煉たちには初めて目にするものだった。

「……てわけでね、中学生コンビがわくわくしながら僕に言ったんだよ。〝もしかしたら、明良さんが何か凄《すご》いことをして悪霊を片付ける場面が見られるかも〟って。そんなの、僕だって見逃せるわけないじゃないか」

「今の会話を聞いて、どうして発想がそっちへ行くんだ」

「だって、自分の呪を破った相手と対峙《たいじ》したら、宮司が何と言おうと叩きのめすでしょ？」

君のことだから、と櫛笥が笑いかけると、図星だったのかムッとして横を向く。

「見世物じゃないんだぞ」

取りつく島もなく、明良は冷ややかに言い放った。実際、非常に機嫌が悪い。彼にしてみればプライドが傷ついただろうし、さっさと済ませて帰りたいのが本音だろう。

「でもさ、その廃屋って何なの？　曰《いわ》く付き？」

「人食いだ」

「何それ！」

不穏な答えに、中学生コンビがきらきら瞳を輝かせた。期待に満ちたリアクションに辟易《へきえき》としながら、明良はぶっきらぼうに説明をする。

「十年前、父が地鎮祭を行った一軒家なんだ。でも、土地の不浄が深刻で上手くいかなかった。この地は良くないと進言したが聞き入れられず、ある一家が住みついた。で、一年もたたない内に一家心中で全滅した。母親と祖母、小学生の子どもが二人。全部、父親が手にかけたんだそうだ。遺体は座敷にきちんと並べてあったが、全員が裸のままうつ伏せにされて、その背中に父親の遺書がペンで書き連ねてあった。文脈は支離滅裂で、字の判別も難しかったらしい。事件が起きたのが春休み中、そのせいで発見までタイムラグが生じたお蔭で、遺体の状態も良くなかったそうだし」

「ひえ〜……」

想像してしまったのか、煉がゲンナリと声を漏らした。

「心中の理由は、今もってわからない。全員を殺した後で、父親は台所で自らの首を鎌でかき切った。一時は町も大騒ぎだったそうだが、それ以来、家は空き家のままだ」

「なるほど。不浄の溜まり場ってわけだ。宮司は、何も手を打たなかったの？」

「霊符を渡しておいたらしいが、勝手に処分したようだな。こんな淋しい場所に家を建てると決めた時から、すでに土地の悪霊に魅入られていたのかもしれない。父が気に病んでいたので、事件の後で俺が禁足の呪をかけた。廃屋には、誰も近づけなかったはずだ」

さらりと明良は言うが、事件が起きた頃の彼は十歳になるかならずだろう。西四辻《にしよつつじ》の二人よりも更に幼い時に、禁足の呪を仕掛けたということになる。しかも、最近までそれを破られることはなかったという事実に、櫛笥は内心舌を巻いた。真木は呪のことを知らなかったか、あるいは気づかぬ振りをしていたようだから、彼は完全なる独学でそれをやったのだ。

「未熟な頃だったので、多少乱暴な呪だったけど、十二分に効力はあったはずだ」

それなのに、と明良は廃屋が見えてきたところで立ち止まる。続けて全員が足を止めたが、彼に倣《なら》ったわけではなかった。あまりにも禍々《まがまが》しい臭気に、近づくのがためらわれたのだ。

「……これは、ずいぶん性質《たち》が悪いね」

眉間《みけん》に皺《しわ》を寄せて櫛笥が呟いた直後、人一倍繊細な尊がその場に蹲《うずくま》った。

「尊っ？　おい、尊、大丈夫かよっ？」

「う……ん、ごめん……気持ちが悪い……」

「くそ、もしかして林道からずっと我慢してたのか？　おまえ、敏感だもんな。ごめんな」

おろおろと煉が介抱し、一緒になってしゃがみ込む。確かに、ここの空気は最悪だった。櫛笥が持参のミント水をハンカチに滲《にじ》み込ませ、尊に持っているようにと言い含める。

「出先で簡単な除霊をする際、使ってるんだ。塩と同じ効果があるから」

「は……い……」

「だから、付いてくるなと言ったのに」

小さく溜め息をつき、明良が振り返った。尊が弱々しく顔を上げ、申し訳なさそうにこちらを見る。少年に用いる形容ではないが、可憐《かれん》という言葉がぴったりな儚《はかな》さだった。

「尊、この円から外へ出るな。少しはマシなはずだ」

明良は煉が持っていた枯れ枝を奪うと、彼らを囲むように輪を描き出した。その外側に還呪の文字を、真言を唱えながら手早く書きつける。廃屋から放たれる死臭も、これで少しは撥《は》ね返せるだろう。煉がホッとした顔つきで尊を誘い、二人して円の中央にしゃがみ込んだ。

「今すぐ帰れと言いたいところだが、おまえらだけで行動させるのはヤバそうだ。櫛笥、大人の責任でこいつらを守れ。もっとも、パワーだけなら煉の方が上かもしれないが」

率直だが無遠慮な物言いに、櫛笥は苦笑いを禁じ得ない。

「言ってくれるなぁ。仕方ないだろ、櫛笥家のお家芸は霊縛と封印なんだから。もともと、除霊に特化はしてないんだよ。だから、『協会』からチームを組まされたわけだし」

「……なら、前言を撤回する。——煉」

「はっ、はいっ」

「櫛笥に頼らず、自分で相棒を守れ。できるな?」

「もちろん!」

明良から初めてまともに名前を呼ばれ、煉がパァッと表情を輝かせた。どれだけ心酔してるんだか、とツッコむのも無粋に思えるほど、異様に張り切っている。ずいぶんな効力だなぁ、と櫛笥は感心し、毒気を抜かれたように息を吐いた。

「——三人くらいか」

すっと目を細め、明良は呟く。風に混じる死臭は肉体が滅んでも尚、恐怖と絶望に苦しみ抜いている者たちの匂いだ。櫛笥の目にも、同じモノが視えた。どれも、まだ死にたてだ。

「父さんの話より、人数が多いな。どうも、神隠しの犠牲は一人じゃないらしい」

「一体、何のために……」

直感的に、祟りや呪いの類《たぐい》ではない、と思った。

呪詛《じゅそ》や怨念は渦巻いているが、無秩序に吐き散らしたものではない。

「答えは明白だ。土地の不浄を利用して、死霊を駆り集めている奴がいる」

あくまで淡々と結論を出し、明良が深く息を吸い込んだ。急速に高まる緊迫感に、櫛笥も無意識に息を詰める。廃屋の玄関に向かって一斉に草がなびき、不快な〝気〟の集合体が幾つもとぐろを巻いて集まり始めた。

「誰か出てくる……」

瞬きもせず見つめていると、玄関の扉がゆっくり開くのが見えた。取り出した呪符を指に挟《はさ》み、明良が静かに身構える。夏の午後に相応《ふさわ》しい晴天が、逆に作りものめいてきた。櫛笥が固《かた》唾《ず》を飲んで見守り、出てくる人物を見逃すまいとする。

「ダメだ、いけない！」

突然、血相を変えて尊が叫んだ。直後にドン！　と激しく地面が揺れ、地震か、と一同に動揺が走る。間髪容《い》れずに閃光《せんこう》が周囲を切り裂き、あまりの眩《まぶ》しさに目が眩《くら》んだ。

「くそっ！」

円を出た煉が光の前へ飛び出し、パン！　と鋭く両手を合わせる。彼は印を組んだ人差し指を天に向け、凛《りん》と声を張り上げた。

「オン・バザラギニ・ハラチハタヤ・ソワカ！」

全身が紅蓮《ぐれん》の気の渦に包まれ、強い念が満ちていく。護身法の真言に跳ね返された光は、勢いを無くして火花を散らしながら四方へ消えていった。

「く……」

稲妻が駆け抜けたような衝撃に、櫛笥はしばし呆然《ぼうぜん》とする。煉が息をついて印を解くなり、弾かれたように尊が背中にしがみついた。

「煉、怪我《けが》はしてない？　大丈夫？」

「へーキ。こんなんで、いちいち怪我なんかしてられっかよ。それよか……」

「え……」

「明良さんは……」

二度目の振動が、続く言葉をかき消した。うわ、とバランスを崩した二人を、櫛笥が機敏に支えて右手を開く。赤の呪文字がゆらりと浮かび、彼の言霊で縄状の光となった。それらは不思議な生き物のように、周囲に漂っていた死霊の欠片を次々と捕縛する。

「どこの誰かは知らないけど、これで操るのは無理だろう。煉くん、消してくれる？」

「了解」

再び両手を勢いよく合わせると、煉が力強く九字を切った。瞬時に全ての欠片が消滅し、櫛笥は「お見事」と笑いながら己の呪文字を消す。今度こそ、危機は乗り切ったようだ。

「明良くんなら、あっちだよ。閃光を蹴散《けち》らして駆けていった」

「すげ……相変わらず、力技だなぁ」

感嘆の息をついて、煉が力尽きたように座り込んだ。

櫛笥が指し示した方向に、対峙する二人の人影がある。廃屋を背に身じろぎもせず睨み合う姿は、一触即発の危うい均衡を保っていた。

「あいつ……誰だよ……」

困惑に縁取られた呟きが、煉の口から零《こぼ》れ落ちた。しかし、その問いに答えられる者はここにはいない。顔の広さを自負する櫛笥さえ、初めて見る人物だった。

年の頃は、明良と同年代くらいだろうか。

さながら墨絵から出てきたような、妖《あや》しく美しい和装の青年だ。

「あの人……」

血の気を失くした唇を震わせて、尊が食い入るように彼の方を見つめた。

青年は、心なしか笑んでいるように見えた。先ほどの閃光が彼の呪なら、かなり高い霊力の持ち主に違いない。問答無用の真似《まね》をしておきながら、その様子には微塵《みじん》も後ろ暗さが感じられなかった。それどころか、手加減さえしていなかったと今更のように思う。つまり、自分たちに弾き返す力がなかったら、死んでいてもおかしくない、ということだ。

「あの人は……怖い」

震える声音で、再び尊が呻《うめ》いた。

彼は櫛笥に渡されたハンカチを握り締め、かろうじて立っている状態だったが、その目は和装の青年に縫い止められたようになっている。

「早く明良さんを止めてください。あの人とぶつかっちゃいけない」

「尊くん……?」

「あの人、全部が呪詛でできている。血も肉も骨も、全部です」

「…………」

どういう意味かと困惑しつつ、櫛笥は明良を顧みた。

彼が微動だにせず睨みつける相手に、微妙な変化が訪れる。青年がゆるりと右手を上げて印を組み、小さく唇を動かした瞬間、それは始まった。

「な、何だよ、これ……」

顔色を変えて、煉が周辺をぐるりと見回す。

異変は、あまりに顕著だった。

青年から放たれる波動が、凄まじい勢いで霊的な〝気〟を薙ぎ払っていく。有無を言わさぬ圧倒的な力は、生きているもの以外を全て飲み込み、破壊していった。それこそ、悪霊どころか自然界に属する無害なものまで根こそぎ貪《むさぼ》り尽くしていく。

「嫌だぁッ！」

頭を抱えて絶叫し、尊ががくがく震え出した。

霊たちの断末魔が響き、存在が砕け、血飛沫《ちしぶき》が飛び散る。その地獄絵図は、視える者だけが味わう拷問に近かった。阿鼻叫喚《あびきょうかん》の嵐の中、空虚になるまで殺戮《さつりく》は続けられる。尊はついに意識を失い、煉が急いで抱きかかえた。さすがに櫛笥も耐えきれず、こみ上げる吐き気と必死に闘う。まさしく、虐殺と呼ぶに相応しい呪が青年の唇から澱みなく発せられていた。

「おまえ……」

唯一人、明良だけが動揺も見せず、冷ややかに相手を見据《みす》える。

物《もの》の怪《け》のように美しい顔は、感情の抜け落ちた笑みで満たされていた。全てが呪《のろ》いでできている、と聞いていても尚、惹《ひ》き込まれそうなほど魅力的な微笑だ。

「おまえ、何者だ……？」

問いかけには答えずに、青年は無邪気に首を傾げる。

何も語らない空っぽの瞳を見て、櫛笥は怖気《おぞけ》が走るのを止められなかった。


『御影神社』本殿の奥には、窓もない板張りの小部屋が設《しつら》えてある。

真木は積極的に霊視や除霊などの依頼は受け付けていないのだが、霊能力が高いとの評判を

聞いて、神前では憚《はばか》られるような案件を持ちかけてくる者が時々いるからだ。

今、その小部屋に清芽と凱斗がいた。土蔵で割れた電球を付け替えていたら、ちょうど真木が訪ねて来て「何かあったのか」と訊かれたのだ。ざっと凱斗があらましを伝えると、俄かに厳しい顔つきになり、場所を変えて話そうということになった。

「この部屋は、瞑想《めいそう》や禊《みそぎ》の儀にも使っている。敷地内では、結界を一番強めている場所だ。言霊が魔を呼ぶこともないだろうから、安心して話しなさい」

安心して、とは言うものの、四隅に置かれた燭台《しょくだい》の火が不気味にゆらめき、昼間から百物語でも始めるような雰囲気だ。恐怖の余韻《よいん》はなかなか去らず、清芽は膝《ひざ》の上に置いた拳《こぶし》をギュッときつく握り締めた。

「……大丈夫か？」

心配した凱斗が、声を落として囁いてくる。霊障にもだいぶ鍛えられたと思っていたが、あえて〝加護〟が警告してきた、というのが怯えの原因だった。けれど、幸いなことに鳥肌はすでに治まっている。こくんと頷き、無理やり明るく答えてみた。

「平気だって。初《しょ》っ端《ぱな》から、怖気づいてなんかいられないよ。言っただろ、俺は〝加護〟の正体を摑んで使いこなせるようになりたいって。だったら、肝を据えなきゃな」

「清芽……」

「父さん、やっぱり〝二人の巫女〟って言葉に心当たりはないんですか？」

張り切って本題を切り出してみると、真木はやや瞳を翳《かげ》らせて首を振る。あれ、と妙な違和感を覚えて、続く言葉を清芽は飲み込んだ。どういうわけか、凱斗も父親も自分が〝加護〟を使いこなしたい、と口にするたびに微妙な反応が返ってくる。真木はともかく、凱斗はM県を離れる際に決心を聞いて、応援してくれているはずなのに。

「清芽？　どうした、何か気になるのか？」

「え、あ、ううん、何でもないよ。ごめん、凱斗。話を続けよう」

気にしすぎだ、と自分へ言い聞かせた。〝加護〟が使いこなせれば、もう皆に守ってもらう必要もない。不安に思う要素など、何一つないのだから。

「確証は何もないが、私は〝二人の巫女〟は存在していたと思う」

真木が、慎重に言葉を選びながら言った。

「彼女たちは何らかの理由により、禍々しいものへと変貌《へんぼう》したのではないだろうか」

「禍々しいもの……」

「さっきは土蔵の中だったので、話すのを止めたんですが……」

真木には、知らせておく必要があると感じたのだろう。

知らず緊張を高める清芽の隣で、凱斗が思い切ったように口を開いた。

「天井の梁に、女の顔が視えました。地霊とは違う、強烈な悪意を持ったヤツです」

「え……凱斗、それ本当？」

「ああ、黒髪の若い女だ。のっぺりと青白い顔をして、俺たちを見下ろして笑っていた。何か言っていたようだが、俺は〝聴く〟力が他より弱い。残念ながら、意味まではわからなかった。ただ、ちょっと奇妙だったのは……」

そこまで話しておいて、しばし続きをためらう。だが、すぐに意を決したように、嫌悪の色を滲ませながら言った。

「——頭しかなかったんだ。いや、正確には右腕と右足もあったが……胴体や残りの手足は見当たらなかった。頭から生えた一本ずつの手と足が、梁にしがみついていた」

「何……だよ、それ……」

妄想が恐怖を生む。

あの時、凱斗はそう言って詳しく話してくれなかった。

だが、それで良かったんだと清芽は強く思う。まだ恐怖が生々しい状態でそんな話を聞いたら、みっともなく土蔵を飛び出していたかもしれない。

「頭と手足が一本だけ……か」

真木が、考え込むように口の中で反芻した。何か思い出そうとしているのか、眉間に深く皺が寄っている。凱斗が僅《わず》かに身を乗り出し、真剣な面持ちで彼に迫った。

「覚書の記述が消され、話題に出しただけで〝加護〟に清芽が警告を受けました。そこから考えると、まともな方法で記録が残っているとは思えません。何か、別の方法が取られたはずです。暗号や口伝、謎かけ、といったものに」

「………」

「神社の建立時、祭神の憑代に選ばれた巫女たちならば、天御影命を憑依させたことになります。清芽の〝加護〟も、霊視で神格に近いと言われている。もしや、巫女と〝加護〟には関係があるんじゃないでしょうか。どちらも、神にもっとも近づいた存在です」

彼の推論に、清芽は内心ひどく驚いていた。土蔵で霊障に遭ってからの短時間で、そこまで推理を組み立てていたとは思わなかったのだ。

（でも、言われてみれば凄くしっくりくる）

消された記述が事実なら、巫女は二人いたことになる。天井から見ていたという女がもし巫女の片割れなら、残りの一人が〝加護〟に関わっていると考えてもおかしくない。凱斗の言うように、どちらも「神にもっとも近づいた」者たちだからだ。

（いや、近づいた、なんてもんじゃないよな。憑依ってのは、一時的に同化しているようなものなんだから。尊くんみたいに、意識を乗っ取られないようにしないと飲み込まれて……）

不意に、祟り神に憑かれた明良を思い出した。

あの時も、本人の意識は底深く沈んでしまい、その肉体も霊能力も全てが祟り神の意のままだった。まさに明良自身が、祟り神の化身になっていたのだ。

（強烈な悪意……凱斗、そう言っていたよな）

ぞくっと、背筋が寒くなった。

死にもの狂いで明良を取り返した後だからこそ、その怖さが実感できる。もし、あんなものが再び現れたら、自分たちは、もう一度勝てるだろうか。

「二荒《ふたら》くんは、M大の佐原《さはら》教授をご存じかな？　民俗学では有名な方らしいが」

何を思ったのか、唐突に真木が話題を変えてきた。気負っていた凱斗は、あからさまに面食らった様子で「お名前だけは」と生真面目に答える。彼には民俗学の非常勤講師という別の顔があるので、同じ業界の著名人として頭には入っているようだ。

「以前、彼から申し出があってね。古神宝の研究をしたいからと言われて、幾つか貸し出したことがある。その多くはすでに返却されているが、佐原教授なら……あるいは、私とは違う視点から『御影神社』についての発見を導いてくれるかもしれない」

「本当ですか？」

「私からも、問い合わせておこう。何か、〝二人の巫女〟に関連づいたものはなかったかと」

「はい。ぜひ、お願いします」

新たな希望が繋《つな》がって、凱斗の声はいくぶん弾んだものになる。だが、すぐに真木が表情を引き締めたことから、再び空気は重々しく張り詰めた。

「〝加護〟については、私もほとんど掴めてはいない」

再び厳《おごそ》かな口調で、真木は言った。

「しかし、その存在については清芽が幼い頃からわかっていた。物心のつきだした明良が、清芽にくっついて離れなくなったからな。普通は母親にべったりな時期も、あれは兄の側にしがみついていた。さすがにおかしいと思い、よくよく話を聞いたらこう言ったのだ」

おにいちゃんといっしょだと、こわいものがよってこないの。

「明良が……」

「覚えてないか？　ちょうど、あれが幼稚園に通い出した時期のことだ。恐怖という感情が発達するにつけ、己の目にしているものが、怨念や憎悪で膨《ふく》れた異質の存在であることがわかりかけてきたのだろう」

だが、と真木は痛ましげな顔をする。

わかってしまうと、向こうも反応する。ますます寄ってくる。幼い明良を脅かし、弄ぼうと群がるようになり、彼の生活は悪霊に侵食され始めた。そこから逃げ出すには、〝加護〟を持つ兄の側にいるのが一番安心だったのだ。

「……俺も似たような少年時代を過ごしました。だから、明良くんの状況は理解できます」

苦い過去が蘇ったのか、神妙な様子で凱斗が同意した。

「もし、俺が清芽の兄だったら、やっぱり弟にくっついていたでしょう。残念ながら、俺にはそういう人はいなかった。真木さんの元で修行するまで、自分がいつおかしくなっても不思議じゃないと思っていました。そういう意味では、明良くんが羨《うらや》ましいです。彼にとって、清芽はヒーローだったんでしょうね」

「ちょ、大袈裟《おおげさ》なんだよ、凱斗はっ」

どこまで本気で言っているのかと、清芽は非常に居心地が悪くなる。真木は微かに苦笑し、逸れかけた話題を元へ戻した。

「清芽が悪霊に狙《ねら》われやすい御魂の持ち主であることを、初めに見抜いたのも明良だ。中学生になる頃には、兄に惹きつけられるモノは特に性質が悪い、と私へ相談するようになった」

「え、俺、そんなの初耳だ……」

「おまえに言っても、無駄に怖がらせるだけだからな。悪霊を悉《ことごと》く撥《は》ね返す力はあるが、意識的に使っているとは思えない。兄は、何者かに強力な加護を受けているのではないか、と明良は言った。そこで、私は考えたのだ。悪霊を魅了する御魂と〝加護〟――この二つには因果関係があるのではないか、決して偶然の産物から生じたものではないのではないか、と」

「では……」

凱斗が、やや急いたように口を挟んでくる。

「真木さんは、こうお考えなのですか。〝悪霊に狙われやすい極上の魂は、意図的に清芽の器を選んだ〟――つまり、何らかの意思が清芽に……」

「呪詛ってことですか」

ほとんど無意識に、清芽はその言葉を選んでいた。

真木と凱斗の顔色が瞬時に変わり、彼らも同じ結論でいることがわかる。やがて、真木の方が険しい表情のままゆっくりと頷いた。

何者かの呪詛によって、清芽は悪霊の餌《えさ》になるべくして生まれた——そうして、それを阻止するために〝加護〟がついた——それが、二人の見解だった。

「魂に呪詛をかけるなんて、普通の人間にできることじゃない。それだけの理由が、葉室家にあるのなら……清芽、おまえは非常に過酷な運命を背負って生まれたことになる」

「父さん……」

「だが、そこまで強い呪詛をかけるなら、相応の何かがあったはずだ。また、呼応するように〝加護〟がついたとなれば、やはり〝二人の巫女〟に関係があるのかもしれない。しかし、そうなると建立時まで遡《さかのぼ》ることになり、何故おまえに、という謎が残るが……」

「…………」

「いずれにせよ、現状では何も判断材料がない。こうして話していることも、まったく見当外れという可能性もある。すぐには、真実へ辿《たど》り着けないいな」

話し合いの場は、いつ終わるとも知れない迷路へ向かい出した。三者三様、様々な思いが脳内を駆け巡り、もどかしさばかりが募っていく。

それでも、漠然としていた〝加護〟への道筋が少しずつ見えてきた気がした。

正体がわからないだけに摑みどころがなく、アプローチの仕方を考えあぐねていた清芽も、ほんの少しだけ安堵《あんど》する。呪詛をかけられたかもしれない、と思うとゾッとするが、確証がないせいか、実感はまったく伴っていなかった。

「そういえば、明良はどうしたんですか。姿が見えないけど」

こんな重要な話をしているのに、目敏《めざと》い弟が顔を出さないのは少し変だ。清芽が何の気なしに尋ねると、所用で出てもらっている、と真木は言った。

「櫛笥くんたちも、一緒に付いて行ったようだ。もう戻ってくると思うが」

「え。明良、よく許したなぁ。案外、皆と仲良くなってるのかな。だったら、嬉《うれ》しい……」

「生憎だけど、仲良いとかないし。そういうノリも興味ないから」

突然、扉の向こうで明良の声がした。ぎくっとしてそちらを見ると、「失礼します」と凜々《りり》しく声掛けをした後で、横開きの木戸がするすると開く。

「父さん、ただいま戻りました。廃屋の件、片付きました」

正座をした明良が、毅然《きぜん》と報告をしてきた。何のことかさっぱりだが、恐らく氏子さんのところで真木の名代でも務めてきたのだろう。長男は清芽だが『御影神社』の十代目宮司は明良になる予定なので、特に珍しいことではなかった。

「片付いた……と言うと？」

「本人が来ています」

何の感情も交えず、事実のみを明良が告げる。

驚いたことに、聞くなり真木の眉間に深く皺が刻まれた。彼は警戒の色を瞳に浮かべ、どういうことだ、と明良へ問い返す。短く溜め息をつき、彼はおもむろに清芽へ視線を移した。

「——会いたいって」

「え？　何のことだ？」

「そいつ、兄さんに会いたいって言ってる」

「…………」

だから、そいつって誰なんだよ。

思わずそう口にしかけた時、凱斗が小難しい顔で言い放った。

「誰だか知らないが、俺も同席する」

「凱斗……？」

「明良がわざわざ出向いて〝片付ける〟なんて、よほど面倒な事態だったんだろう。それを引き起こした〝本人〟なら、俺も興味があるからな」

言外に幾つもの含みが感じられたが、生憎と清芽には何のことやら、だ。しかし、明良には充分に通じたらしく、呆れたように肩を竦《すく》めると「勝手にすれば」と答えた。

「葉室清芽。良い名前ですよね。清らかな芽はぐんぐんと成長し、いずれ清浄な気で地上を覆い尽くす。ご両親は、そんな願いを込めて名付けられたのでしょうね」

母屋の座敷で対面するなり、和装の青年が滑らかな口を利く。

控えめな微笑に、趣味の良い上等な着物。低めで柔らかな声音は、耳にとても心地好い。けれど、清芽の頭には少しも彼の言葉が入ってこなかった。それよりも、抜きん出た美貌ばかりに、どうしても意識が集中してしまう。恋人の凱斗を別にすれば、およそ同性に見惚《みと》れるなんて滅多にないのだが、目の前の青年だけは別格の美しさだった。

清廉な細面に、けぶるような切れ長の瞳。

艶《つや》を帯びた眼差しは妖しく、強烈な目力がある。理想的に配置された目鼻立ちは孤高と神秘を兼ね備え、そのくせ優しい口許が仄《ほの》かな色香を滲ませていた。

柔らかな癖の髪、婀娜《あだ》に着物を着こなす独特の存在感。

単に『美形』の一言で済ませるには、勿体《もったい》ないと思わせる奥行きの持ち主だ。

(この人が……明良の呪を破ったのか……)

年齢は、自分たち兄弟と同じくらいだろうか。その割に貫禄《かんろく》があるのは、やはり和服によるところが大きいと思った。優雅な所作や隙《すき》のない佇《たたず》まいも、一朝一夕で磨かれたものではなさそうだ。お茶か日舞の家元、と言われたら信じてしまうだろう。

「兄さんにおべんちゃらを言う前に、まず自己紹介したらどうだよ」

敵愾心《てきがいしん》を隠しもせず、明良が厳しくねめつける。

「大体、俺たちにあんな真似をしておいて図々しいんだよ。ちゃんと謝るでもなく、しれっと後を付いてきやがって。お蔭で、尊は帰るなり寝込んでるんだぞ」

「──月夜野《つきよの》です」

「は？」

「月夜野珠希《たまき》と言います。どうぞよろしく」

「…………」

屈託なく名乗られて、さすがの明良も絶句した。まるまる文句を無視するなんて、彼には良心の呵責《かしやく》も罪悪感もないのだろうか。対面する前に櫛笥から簡単な経緯を聞いていた清芽も、これには呆然としてしまった。

（え、だって、問答無用で明良たちに呪を発動させたんだよな？）

下手をすれば命に関わったと、櫛笥は話の途中で溜め息をついていた。たおやかな見かけによらず強引な呪を使う、おまけにやり方がえげつない、などさんざんな評価だったのだ。普段は飄々《ひょうひょう》として何でも面白がる彼が、ああまで露骨に嫌悪を示すなんて相当だと思う。

そのせいか、「清芽くんと二人だけで話したい」という月夜野の申し出は即座に皆から却下された。何かにつけて独占欲を燃やす明良は通常運転として、凱斗の他に櫛笥までも同席すると言い出したくらいだ。本当は真木がいれば皆も安心だったろうが、生憎と隣町の地鎮祭に行かねばならず、先ほど出かけてしまった。

「あの、月夜野さん」

驚いたせいで、清芽はようやく我を取り戻す。呑気《のんき》に見惚れている場合ではないと己を叱咤《しった》し、気を引き締めて月夜野に向き合った。

「単刀直入に訊きます。あなたは、俺の弟が仕掛けた呪をわざわざ破ったそうですね。おまけに、事情を調べに行った皆にいきなり危険な呪を発動した。どうして、そんな真似を？」

「ああ、大変失礼しました。実は、うっかり間違えてしまったんです」

「え……？」

「ご存じのように、あの廃屋付近は厄介な地霊が棲《す》みついている。私は噂を聞いて様子を見に行ったのですが、その際、自分が立ち入れなくては話にならないので、古い禁足の呪を解除しました。ずいぶん荒削りな呪で、悪いモノだけでなく全ての侵入を拒んでしまうため、やむを得なかったんです」

「おまえ……」

さりげなくケチをつけられて、明良の目つきがますますきつくなる。

「その後、日を分けて廃屋を検分していたんですが、今日になって初めて皆さんがやって来ました。けれど、私が来たことで悪霊たちも目覚めています。無防備なままでは危ないと、悪霊を急いで祓おうと思ったのです」

「だけど、呪を間違えて弟たちまで巻き込んでしまった、ということですか？」

「ええ。驚かせてしまって、申し訳なかったと思います」

「…………」

　あまりに堂々としているため、誰も「嘘だろ」と言えなかった。恐らく、言葉を尽くして責めたところで月夜野には通じないに違いない。一同が呆れ返る中、清芽は再び彼へ尋ねた。

「廃屋の除霊は、誰かに頼まれたわけじゃないんですか？」

「違います。あれは、私の独断です。だって、放置しておくのは危ないでしょう？」

　まったく悪びれることもなく、月夜野は世にも妖しい微笑を浮かべる。

「噂に違《たが》わず、あそこが非常に危険な場所なのは明白でした。確かに、禁足の呪で人払いはできていたかもしれませんが、いつまでもそのままにしておくのは問題です。だから、私が祓うことにしました。それだけの力が、私にはあります」

「う……まぁ、それは……」

「もちろん、頼まれて除霊をすることもあります。でも、今日のはボランティアです」

　にっこりと正論を吐かれて、一度は清芽も引き下がりかけた。確かに、どこの誰が祓おうと大きな問題ではなく、危険さえ消滅すれば人々の暮らしにも影響は出なくなる。

　だが、根本的な部分でどうしても納得などできるはずがなかった。頭ごなしに攻撃してきたことを考えれば、彼の言葉は一から十まで信用できるものがない。

「えっと……月夜野さん」

「珠希でいいですよ、清芽くん」

「…………」

「ああ、勝手に下の名前ですみません。でも、ほら、葉室くんはここに二人いるでしょう?」

名指しで「会いたい」と言ってきただけあって、月夜野はこちらの状況をしっかり把握しているようだ。だが、この場の全員は彼のことを何も知らず、わかっているのは明良に匹敵する高い霊能力の持ち主ということだけだ。

「申し訳ないけど、たまたま廃屋の噂を聞いた、というのは信用できません」

回り道をしても仕方がないので、清芽は思い切って核心に触れてみた。

「それに、月夜野さんは俺に会いたかったんでしょう? だったら真っ直ぐ家へ訪ねて来ればいいのに、どうして待ち伏せするような真似をしたんですか。まして、自分の霊能力を誇示するような行為までして。まずは、その理由をきちんと説明してください。話していただけないなら、このまま帰っていただくしかありません」

「…………」

「間違いだか何だか知らないけど、あなたは俺の弟や仲間を危険に晒《さら》したんです。俺には、とても見過ごせません。多分、彼らが優秀な霊能力者だと知っていて、死ぬようなことにはならないだろうと呪を発動させたんでしょうが、それだって賭《か》けに過ぎないんだ」

あまりに捉《とら》えどころのない態度に、話しながら沸々と怒りが湧《わ》いてくる。一歩間違えばどんな結果を招いたかわからないと思うと、改めて月夜野への不信感が募ってきた。

「あなたがどういう人なのか、俺にはさっぱりわかりません。でも、俺の大事な人たちを傷つけるようなら絶対に許しませんから」

声を荒らげず、それでいて激しい怒りを秘めた声音に、座敷内がシンと静まり返る。月夜野は言うに及ばず、明良や櫛笥までもが微かな驚きと共に黙って話を聞いていた。

「これは……ちょっと予想外でしたね」

小さく口の中で呟くと、月夜野が初めて感情を動かした。

「葉室家の長男は、霊能力を持たないごく普通の大学生と聞いていました。その性格も、葉室家の血を色濃く受け継いだ弟さんに比べたら、非常におとなしくて常識的な青年だと」

「何が言いたいんですか？」

「ああ、怒らないでください。悪い意味で言ったわけではないんです。清芽くんには、長子の矜持《きょうじ》がおありのようだ。それは、私にとって理想的です。まったく素晴らしい」

「あの！」

意味のわからない言葉で煙に巻くつもりかと、清芽はムッとして彼を睨みつける。矜持だか何だか知らないが、霊感の有無に関係なく自分は葉室家の長男だ。今更そこで感心される覚えはないし、まして今の話には全然関係がない。

「清芽くんに嫌われると困るので、きちんと素性をお話ししましょう。私は……」

「──おまえ」

それまで沈黙していた凱斗が、刺すような瞳を月夜野へ向けた。

「おまえ、フリーの霊能力者だな?」

「凱斗、フリーの……って?」

「前にも、少し話したことがあるだろう。『協会』には所属せず、霊障のある場所へ自ら売り込みをかけて除霊の仕事を横取りする連中がいると」

そういえば、と清芽も思い出す。

凱斗や櫛笥たちは『日本呪術師協会』に所属しており、そこからの依頼で各地の霊障の現場へ派遣される。だが、そういった機関に属さないフリーの霊能力者ももちろん存在した。彼らのレベルはピンキリで、まともな修行を収めていない者も少なくなく、わざわざ寝た子を起こすような真似をして逆に状況を悪くさせる場合もあるという。

「それだけじゃなくて、法外なギャラを取ったり、詐欺《さぎ》まがいの輩《やから》もいるって……」

「そうだ。もっとも、目の前にいるこいつはまったく違う」

鋭い眼差しを月夜野に据えたまま、凱斗は先を続けた。

「月夜野珠希。聞いたことがある」

「………」

「野放しの霊能力者の中では、超一流だってな。除霊できなかった案件が一度もなく、雑霊を含めて全てを抹消、消滅させる呪術師だ。何度か『協会』からスカウトされたはずだが、ずっと断り続けている。その力は別格だが、容赦ないやり方には眉《まゆ》を顰《ひそ》める者も多い」

「過分な賞賛ですが、概《おおむ》ね事実ですね」

にこりと、親しげな笑みで月夜野が肯定する。だが、清芽はますますわけがわからなくなった。フリーの凄腕霊能力者が、霊感ゼロの自分に何故会いたがるのだ。

「ああもう、どこの誰でもどうでもいいじゃないか。兄さん、さっさと追い返そうよ」

苛々《いらいら》が頂点に達した明良が、乱暴に会話へ割り込んできた。

「そいつ、聞けば聞くほど胡散臭《うさんくさ》い。まともに相手する必要なんかないよ。実際、凱斗が言ったよりも数倍はひどい奴だった。容赦ない、なんて生温い言い方だ。まさしく、薙ぎ払ったって感じだったよ。尊が怯えて倒れても、無理はないくらいにね。そうだろう?」

彼は渋面の櫛笥へ視線を移し、同意を求める。荒涼とした先刻の光景が蘇ったのか、二人の表情はどちらもひどく苦々しいものだった。

「もちろん、害を為す悪霊は祓うべきだ。でも、無害なものや自然界に息づく存在だってちゃんとあるんだ。本来、そこは人が手を出していい領域じゃない。それなのに、月夜野はそういうものも一緒くたに祓う。理由はわかっている。面倒臭いからだ」

「……うん。僕も認めざるを得ないな。彼の呪は非常に……危険だと思う」

「櫛笥さんまで……」

「皆さんの意見は、もっともです」

まるきり温度のない声音で、淡々と月夜野が言った。浴びせられる辛辣《しんらつ》な言葉は、彼に届く前に次々と弾けてしまうかのようだ。ここまでくると一種不気味なものを感じ、皆も黙らざるを得なかった。

「けれど、私には確かめる必要があった。葉室家の兄弟の、どちらに〝加護〟があるのか」

「え……」

明良がギョッとしてたじろぎ、清芽も思わず自分の耳を疑った。凱斗や櫛笥はたちまち剣呑《けんのん》な空気を纏《まと》い、月夜野を強く警戒する。

「あの、それはどういう……」

「葉室家の人間が『協会』に所属し、チームを組んで除霊の仕事にあたっている。しかも、あらゆる霊的干渉を無にする〝加護〟があるらしい——そんな噂が、徐々に私たちの間で広まっています。でも、無理もありません。代々優秀な霊能力者を輩出していながら、一度たりとも表舞台に出てこない一族ですからね。何かと注目されているんです」

「…………」

あんたんとこ、アンタッチャブルじゃなかったの。

初めて自己紹介をした清芽へ、煉が発した第一声が蘇る。凱斗の策略で強引に参加させられたとはいえ、『御影神社』の人間なのか、と珍しがられた記憶があった。

「あくまで噂ですから、詳細はいい加減なものです。兄弟どちらが〝加護〟を受けているのかは、わかりませんでした。それで、些《いささ》か乱暴なやり方でしたが葉室家の者が廃屋へ来るように仕向けたんです。まさか町中で、いきなり襲うわけにもいきませんから。それに、あそこは悪霊の吹き溜まりです。〝加護〟の威力を知るのにはうってつけです」

「おまえ……まさか、そのためだけに禁足の呪を解除したのか……」

「はい。数日の間に犠牲者が出たのは残念ですが、気づくのが遅かった明良くんにも落ち度はありますよ。術師なら、自分の呪が破られた時にすぐ感じるべきです」

「………………」

嫌みでも皮肉でもなく、ごく当たり前の顔で言い返され、明良は悔しそうに唇を嚙《か》んだ。

公務員の女性が行方不明になったのは四、五日前と聞いているが、その時期の彼はM県で入院していた。祟り神に憑依された体力の消耗は激しく、霊力も著しく落ちていた頃だ。

「でも、私も命がけだったんですよ？　もし明良くんに〝加護〟があるなら、呪詛返しを喰らいますからね。でも、彼にはそんなものは必要なかった。驚いたことに、私の仕掛けた呪を護符で防ぎながら真っ直ぐ向かってきました。そんな真似をされたのは初めてです」

「……くそ」

「お蔭で〝加護〟の有無は確認できました。弟ではなく、兄の方なんだと」

そう言って、月夜野は晴れやかな笑みを浮かべた。

自分がどれほど狂ったことを言っているのか、まったく自覚していない微笑だった。

「清芽くん、私はどうしても君に会わなきゃいけなかった」

「月夜野さん……」

「お願いです。どうか、私を救ってほしい」

「え……」

聞き間違いだろうか、と清芽は狼狽《うろた》えた。

凱斗の言葉を借りれば、彼は「超一流」の霊能力者だ。そんな人を、霊感ゼロの自分が救えるはずもなかった。〝加護〟を持っているから、と言うが、この力は清芽を守る時にしか発動しない。そう説明して諦《あきら》めてもらおうとしたが、続く言葉を聞いて唇が止まった。

「清芽くん。このままだと、私はあと七日で死にます」

3

○月×日

最初から、何となく胡散臭い物件だとは思っていた。

築浅だし立地も悪くないのに、家賃が相場に比べてかなり安い。それだけで、ワケありなんだな、というのは察しがついてしまう。案の定、不動産屋で紹介された時、説明を求めたら割とあっさり事情を教えてくれた（訊かれたら、答える義務があるらしい）。

早い話が、事故物件だった。今住んでいる人の前の住人が、バスルームで転んで事故死したらしい。もちろん、バスタブは新しいのと取り替えてあると言っていた。

少しだけ悩んだけど　私は契約を結ぶことにした。

一つには、事前に下見をした際に顔を合わせた現在の住人が、ものすごい美形だったということ。芸能人にもいないだろう、という本当に綺麗《きれい》な青年だった。単純なようだけど、それだけで何だか部屋のイメージが格段に上がった。

でも、もっと重要なポイントがある。それは――あの人の会社に近いこと。

四十にもなってみっともないと自分でも思うけど、私は不倫の真っ最中だ。去年、派遣で勤めた商社で知り合った相手には、奥さんと二人の子どもがいた。

「ここなら、会社の帰りにふらっと立ち寄れるでしょう？　短い時間でも、会うことができるじゃない？　私が派遣をクビになってから、なかなか時間が合わないし」

私は、そんなメッセージと一緒に合鍵《あいかぎ》をプレゼントした。直接渡したかったけど、そもそも私が仕事を解雇されたのは不倫がバレたせいだから、なるべく人目は避けたかったのだ。苦肉の策として、会社のメッセンジャーボーイの子をメールで呼び出し、お小遣いを渡して届けてもらった。こんなこともあろうかと、クビになる前に手なずけておいて正解だった。

事故物件のことは内緒にしておこう、と思う。あの人は怖がりだから、そんな話を聞いたら逢引きどころか寄りつかなくなるだろう。大丈夫、最初は私も少しびくびくしていたけど、すぐに何も感じなくなったもの。あの美青年だって、普通に暮らしていたんだから。

○月×日
スーパーで、レジ打ちのバイトを始めた。疲れる。すぐにお風呂に入って寛《くつろ》ごうと思いながら帰宅すると、シャワーの水音が玄関まで聞こえていた。蛇口を捻《ひね》ったまま家を出たのかと、慌ててバスルームの扉を開けたら別に水なんか出ていなかった。床も乾いていた。

おかしい。確かに聞こえていたんだけどな。

その夜は、何となくシャワーを浴びるのは止めておいた。

○月×日

最近、夜中に人の気配で目が覚める。嘘じゃない。１DKの室内を、誰かが虚ろに這《は》い回っているのだ。鍵を閉め忘れたのかとドキリとし、ベッドの中で息を殺して様子を窺うと一分もしない内に消えるけれど。でも、眠ったらまた出てきそうな気がして、そこからは朝までまんじりともできない。怖い。

○月×日

あの人から、まったく連絡が来ない。合鍵を贈って、もう二ヶ月になるっていうのに。メッセンジャーボーイの男の子、ちゃんと届けてくれたんだろうか。今度、思い切って会社の近くまで行ってみようかな。きっと、何か事情があるはず。

そういえば、今日は携帯に着信があった。知らない番号だったけど、もしやあの人じゃないかと胸がドキドキした。留守録を再生してみると、雑音ばかりで肝心の声が聞きとれない。本当にがっかりだ。せめて、声くらい聞かせてくれればいいのにな、と思う。

夜は、また人の気配で目が覚めた。昼間の電話でむしゃくしゃしていた私は、多分気が大きくなっていたんだと思う。勢いよく飛び起きると、「誰！」と怒鳴りつけてしまった。その瞬間、何かが物凄い勢いで目の前までくる。

「見るな」

生臭い息の下、そんな声がした。

相手の顔はおろか姿さえわからなかったが、息がかかるほどの距離だった。

○月×日

慣れって怖ろしいな、と思う。

あれから毎晩のように人の蠢《うごめ》く気配がするのに、私はあまり怖がらなくなっていた。存在を意識しないようにすれば、こちらに悪さをするでもなし、ほんの数分だけ我慢すれば特に実害もない。姿が見えないのは気味が悪いけど、見るな、と言われたし。

その代わり、バスルームがうるさくなってきた。こっちは、以前人が死んでいるだけに怖さが違う。夜中にシャワーの音がしたり、バスタブに何かがぶつかる鈍い音もする。でも、勇気を出して覗《のぞ》いてみると何もない。私は、お風呂に入れなくなった。

困った。ますますあの人には言えなくなった。知られたら、気味悪がって絶対部屋に来てくれないだろう。それでなくても、もうずっと会っていないのに。

明日は、やっぱり会社の前まで行ってみよう。そう決めたら、少し心が軽くなった。もう何日も部屋から出てないけど、私はまだちゃんと綺麗だろうか。あの人が褒《ほ》めてくれた、白いワンピースを着ていくつもり。首回りの垢《あか》に、どうかアノヒトガ気づきませんように。

○月×日

ショックなことがあった。あの人が、私を見るなり「いい加減にしろ！」と怒鳴りつけてきたのだ。せっかく目立たないよう、会社の脇の路地で待っていたのに台無しだ。通りすがりの人が、みんなジロジロと見ていくので凄く恥ずかしかった。見るなって叫んだら、くすくす笑う奴がいた。あれは、以前に同僚だった△△子だ。おまえのこと、覚えたからな。

合鍵は、すぐに捨てたって言われた。メッセンジャーボーイの子は、クビになったそうだ。私にはわからない。あんなに優しかったアノヒトガ、どうして冷たくなったんだろう。今度会いに行ったら、警察を呼ぶって言われた。なんでなの。私が何をしたの。

疲れ果てて戻ったら、留守録が入っていた。あの人からだと思って喜んで再生したら、バイト先のスーパーからだった。店長の声が何か言っていたけど、雑音がひどくてわからない。もう来なくていいとか、何かそういう風に聞こえた。

夜、また床を這っているような音がした。でも、私は気にしない。だって、「見るな」って言われたから。昼間、私が喚いた声と似ていたことに気がついて、少し嫌な気分になった。

○月×日

私のことを、病気だって言ってる人がいるらしい。あの人に付き纏ってるって。言い触らしているのは、この間、私を笑った女かもしれない。私とあの人はちゃんと愛し合ってるのに、みんなに内緒にしていたせいで、私ばかりが悪者になっている。

あの人が、頼むっていうから、私だけ会社を辞めたのに。

ずっと我慢していたけど、あんまり腹が立ったので電話をかけた。携帯電話はとっくに通じなくなっていたから、会社のあの人の部署にかけまくった。結局、話すことはできなかった。

夜、久しぶりに何の気配もなく眠れた。

○月×日

嬉しい。あの人が、来てくれた。やっぱり、私のことを愛してくれているんだ。電話を一生懸命かけた甲斐《かい》があると言ったら、真剣な目で私を見つめてくれた。ドキドキした。

お願いだから、死んでくれ。

あの人は、玄関で私に土下座してそう言った。ドラマか映画のワンシーンのようで、私は心の底からうっとりした。おまえのせいで、人生がめちゃくちゃだ。泣きながらくり返す姿が、とっても可愛《かわい》いなと思った。そうなの、人生が狂うほどの恋だったの。

その時、バスルームで派手な音がした。人が転んだような音だ。続く呻き声を聞いて、誰かいるのかってアノヒトガびっくりする。ああ、ここは事故物件なのよ、バスルームで人が死んでるの、と仕方なく教えたら、案の定、真っ青になって逃げ帰ってしまった。

がっかり。もう、あの人はここへ来ないだろうな。

私は、死んであげることにした。

○月×日
今から、私は死のうと思います。

バスルームのドアノブに、買ってきた縄紐《なわひも》を引っ掛けて後は首に掛ければ簡単だ。マフラーで代用しようかと思ったけど、今着ているワンピースに似合わないからやめておいた。

あの人は喜んでくれるかなぁ。

ありがとうって、私に感謝してくれるんじゃないかな。

準備を整えていたら、昼間なのにいつもの気配がした。少しずつ、後ろから近づいてくる。

同時に、バスルームの中で別の音がした。誰かが転んだような、派手な振動と苦悶《くもん》の呻き声。

私は、今更のように可笑《おか》しくなってきた。事故物件って言っていたけど、ここはそんな生易しいものじゃなかった。まるで、化け物屋敷だ。私、こんなところで暮らしていたんだ。

背中では、床を這いながら抑えた息遣いがしている。今日は、見てもいいんだろうか。縄紐に首を入れながら、私は振り返ろうかどうしようか一瞬迷った。

でも、本当は見なくたってわかっている。

あれは、私だ。

月夜野《つきよの》との会話は、誰にとってもひどく後味の悪いものだった。

特に、初対面なのに「あと七日で死ぬ」と言われ、助けを乞《こ》われた清芽《せいが》は混乱の極みだ。狼狽する様子を見た月夜野は続けて事情を説明しようとしたが、警戒心を高めた明良《あきら》があからさまに攻撃態勢を取ったため、ひとまず今日は帰ります、と言って去って行った。

だが、またすぐにやって来るのは明白だ。もし、本当に彼の寿命があと七日しかないなら、一日だって無駄にはできない。

「最初に月夜野の噂を聞いたのは、俺が『協会』に所属した五年くらい前だ」

翌日になって、凱斗《かいと》が清芽の自室にやってきた。月夜野について僅かながら情報を得ているのは彼だけなので、あれからいろいろ調べてくれたのだろう。

「五年前？　でも、月夜野さんって俺と同じ年くらいだよね？　五年前って言ったら、まだ十五か十六くらいなんじゃないの。そんな年から、フリーの呪術師として活躍していたんだ」

「……清芽」

「そりゃ、煉《れん》くんたちも中学生だし、年齢が関係ないのはわかってるけど。でも、高校生の内から自分で売り込んで仕事を取っていたわけだろ？　それは、けっこう凄いんじゃ……」

「変わってないんだ」

「何が？」

「月夜野だ。『協会』の人間に問い合わせをしたら、昨晩の間に資料として集めたデータを送ってくれたんだが……写真の月夜野は、今とまるきり外見が変わっていない」

「…………」

そんなバカな。咄嗟《とっさ》にそう言おうとして、思わず言葉を呑み込んだ。五年前にすでに現在と同じ外見をしているなら、逆に十五、六歳で成人男子に見えていたことになる。妖怪じゃあるまいし、と笑い飛ばせたら良かったが、やたら深刻な凱斗の様子にそれもできなかった。

「『協会』の資料が正確なら……」

凱斗は胡坐《あぐら》をかいた姿勢で、片眉を神経質っぽく顰めて言った。

「月夜野珠希は、今年で三十歳になるはずだ。五年前にフリーで凄腕の呪術師がいると耳にした時点で、奴のキャリアは十年以上にはなっていた計算になる。だが、資料の写真は十年前、五年前、現在と三種類あって、どれもまったく外見に変化がない。つまり、あいつは十年前からあの容姿なんだ。二十歳前後で、外見の成長が止まってしまったかのように」

「……嘘」

さすがに、俄かには納得しかねる話だ。月夜野の外見はどう見ても三十には見えないが、世の中には年齢不詳の人間はたくさんいる。だから、とりたてて騒ぐようなことではないのかもしれない。けれど、二十歳から三十歳の間にまったく変わらない、というのは些か不自然だ。

「もしかして、それも昨日の〝助けてくれ〟って発言に関係あるのかな……。まさか、本当は人間じゃなくて式神《しきがみ》だった、とかってオチじゃないよね？　ほら、凱斗が使役している白猫のジンさんみたいにさ」

「式神を身代わりにして廃屋の除霊をしたってことか？　それは、あまり現実的じゃないな。式神は呪を飛ばすことはできても、あくまで呪術師の媒介《ばいかい》だ。本体自体に除霊能力があるわけじゃない。霊力だって格段に落ちる。大体、それなら明良が最初に気づくだろう」

「そう……だよね……」

「まぁ、月夜野が人間なのは間違いないと思う。ただ、あの並外れた美貌といい、抜きん出た霊能力といい『普通』とは言い難いな」

月夜野は、例の廃屋に寝泊まりをしているという。田舎町で近場に宿はないし今更驚きはしないが、悪霊の巣窟で一家心中もあった家屋でよく眠れるな、と清芽はゲンナリと思った。

「本当に、何で俺のところへ来たんだろ……」

深々と嘆息すると、意外にも凱斗は「わからなくもない」と呟く。

「月夜野の言葉が本当なら、あいつの寿命はあと数日だ。だったら、何でもいいから望みがあるものに縋《すが》りたくなるのが人情だろう。不確かな〝加護〟の噂を聞いて、ここまで無茶な真似をするのがそのいい証拠だ。恐らく、他に考え得る手だては全てやり尽くしたんだ」

「そんな……一体、月夜野さんに何があったって言うんだ？　〝加護〟へ頼るってことは、呪詛絡みなんだよな？　でも、あの人は勘違いしてるよ。〝加護〟が守るのは俺だけで、呪いから月夜野さんを防いでくれるわけじゃないのに」

「恐らく……月夜野は、その辺はとっくに承知していると思う」

「どういう……意味……」

嫌な予感に、訊き返す声が震えた。どうか外れてくれと願いながら、清芽は翳った凱斗の表情を覗き込む。だが、彼の答えは僅かな期待を打ち砕くものだった。

「あいつは、おまえを盾にするつもりだ。おまえが攻撃されて〝加護〟が呪詛を撥《は》ね返してくれれば、そのまま呪いから解放される。それを狙っているんじゃないか？」

「…………」

「廃屋での非道な振る舞いを思えば、そのくらいは平気でやりかねない。もし、おまえが月夜野の申し出を断るなら、非常手段を取ってでも協力させようとするだろう」

「じょ……」

冗談じゃない、と喉《のど》まで出かかったが、言葉にする前に凱斗が力強く抱き締めてきた。背中に回された手の温もりに、清芽は改めて己の置かれた立場が怖くなる。

「大丈夫だ、おまえは必ず俺が守る」

腕に優しく力を込め、凱斗が宥《なだ》めるように囁いた。

「月夜野も、さすがに安直な方法は取らないはずだ。何しろ、おまえの周りには国内でもトップクラスの霊能力者が揃《そろ》っているんだからな。だからこそ、まずはああして正面から頼みに来たんだろうが……」

「凱斗……」

「どうするかは、清芽が決めろ。おまえがどんな答えを出しても、俺が絶対に支えてやる」

「……うん」

凱斗の言葉が、ゆっくりと不安を包み込んでいく。彼が約束を決して違えないことを、清芽はちゃんと知っていた。〝加護〟が発動すれば無傷だとわかっていながら、いつも身体を張って庇《かば》ってくれるような人なのだ。

そうだ——彼がいるから、自分は安心して飛び出すことができる。

背中を預けて、魑魅魍魎《ちみもうりよう》の世界へ手を伸ばす勇気だって持てる。

「ありがとう、凱斗。……好きだよ」

小さく呟くと、柔らかく笑む気配に胸が温かくなった。

己の魂に呪詛がかけられ、そのために〝加護〟がついたのでは、と思い至った時、清芽は普通に生きていくことを諦めた。生まれ落ちる前から呪われていた身なら、どうしたってその運命から目を背けてはいられない。宿業《しゆくごう》を背負い、呪詛と戦い続ける覚悟が必要だ。

だから、愛しい人の手が大切だった。

その温もりが、生への執着を生み出してくれるから。

「俺、次に月夜野さんが来たら事情を詳しく聞いてみる」

「いいのか？」

「確かに油断ならない人だけど、命に関わる問題を理由も聞かずに門前払いはできないよ。ただ、俺が動けば凱斗だけじゃなく明良や他の皆も知らん顔はできなくなるだろう？　結果として、皆を巻き込む可能性は充分にある。だから、慎重に決めなきゃいけないって思うよ。悔しいけど、俺自身には何の力もないんだから」

「そんなことはないさ」

頬《ほお》にそっと手を添え、凱斗が短く口づけてきた。

「少なくとも、俺はおまえが側にいるだけで充分だ。何があっても諦めない、どんな苦境も乗り越えて見せるって、柄にもなく熱血な気分になる」

「また、そうやって歯の浮くようなセリフを……」

「事実なんだから仕方ない。おまえこそ、いい加減に慣れろ」

「そんなムチャクチャな……」

照れ臭さも混じって溜め息をついた時、凱斗の携帯電話が鳴り出した。すぐ止んだところを見ると、どうやらメールを受信したようだ。彼は渋々と清芽から手を離すと、画面をしばらく読み耽《ふけ》る。こちらへ視線を戻した時には、もういつもの無愛想な顔に戻っていた。

「今、『協会』から追加の情報がきた。ちょっと、気になる情報がある」

「気になる情報……？」

緩みかけた空気が再び緊張を高め、清芽は思わず息を詰める。

凱斗は低く息を吐き、眉間に皺を寄せながら言った。

「月夜野家は、直系男子が悉く三十歳で亡くなっている」

「え……」

「恐らく、これが月夜野にかけられた呪詛だ。彼単体ではなく、一族にかけられたものだったんだな。末代まで祟る、とかそういう類だ。だが、そうなると相当に根深いぞ」

「末代まで……祟る……」

そこまで凄まじい恨みを、月夜野の先祖が買ったということだろうか。

祟り、と口にした途端、不浄の言霊がじわりと膝から這い上がってくる気がした。


「センセエ、着物の兄ちゃんと会ってどうだった？　なぁ、どうだった？」

自室から出た清芽が居間へ顔を出すと、アイスクリームを食べていた煉が興味津々《しんしん》で尋ねてきた。昨日は尊《たける》が体調を崩したため、ずっと客間に籠もっていたのだが、幸い復活したようで彼の隣でニコニコとスプーンを銜《くわ》えている。

「どうだったって言われてもなぁ……」

「何か、ガツンと言ってやったんだろ？　櫛笥が教えてくれたんだ。そんで〝さすがはお兄さんだ〟とか褒められたんだよな？　センセエ、マジリスペクト！」

「いや、それ、だいぶ端折《はしょ》られてるから」

「あんな怖い人を相手に、清芽さん、凄いです。僕なんか、もう顔を見るのも嫌だな」

「尊くん……」

可哀想に、かなり怖い思いをしたのだろう。なよやかに見えても芯《しん》が強く、多少のことでは弱音を吐かない尊がここまで言うからには、月夜野の所業は本当にひどかったのだ。

「清芽さん、気をつけてくださいね。あの人は、自身が毒ですから」

「え？」

大真面目に忠告をされ、どういう意味だろうと面食らった。何でも通じているはずの煉もわからないようで、「尊、昨日も同じこと言ってたよな」と不可解な顔をする。

「呪詛でできてるとか、全部毒だとか、さっぱり意味わかんねぇ」

「多分、本人が説明すると思うよ。だって、また来るって言ってるんでしょう？　あんなひどいことしておいて、何とも思ってないのかな。僕たちを襲ったこともそうだけど、あの人が明良さんの呪を破ったせいで、何人か憑り殺《と》されているっていうのに」

「ああ、それは許せないよな。あれは殺人と一緒じゃん。背負っても当然だよな」

「煉くん、背負ってるって、どういうこと？」

物騒な話題の合間にカップのアイスクリームをたいらげる煉へ、清芽はおそるおそる訊いてみた。何となく答えの想像はつくが、これから対峙していかなければいけない相手なので、できるだけ正確に知っておきたいからだ。

「そっか、センセエには視えないんだもんな。あいつ、凄い数の霊に憑かれてるんだよ」

「…………」

「あんなの、滅多に見られない。だって、普通はとっくに憑り殺されてると思うもん。月夜野の全身に、老若男女、数えきれない霊が纏わりついているんだ。あれで正気だって、信じられないよ。皆、苦悶の表情を浮かべててさぁ、相当な怨みを抱いてるっぽかったし」

「そ……か……やっぱり……」

「そういや、明良さんが出かけてったよ。あんな不浄をぶら下げて、神域に出入りされたらたまらないって。憑き物落としでも、してやるつもりなのかなぁ」

え、と驚いたが、あの明良がおとなしくしているはずがなかった。一人で勝手に行動するなんて困ったものだが、彼には月夜野にプライドを傷つけられたという思いがある。〝加護〟うんぬんの本題に入る前に、早めに清算しておきたいのかもしれない。

「だからって……マイペースすぎる……」

「心配すんなって。明良さん、昨日もほんとカッコ良かったから！　な、尊？」

「うん。僕たちを陣で守ってくれて、自分は護符だけで月夜野さんの呪に対抗したんです。凄い人なんだなぁって、改めて思いました。やっぱり格が違うっていうか……。あんなことできるの、きっとあの人だけです。でも、月夜野さんの呪を撥ね返した煉も凄かったよ。このところ、めきめき腕を上げてるよね」

「へへ、まぁな」

最愛の従兄弟《いとこ》に褒められて、得意げに煉が頷いた。明良の実力が突出しているだけで、煉も幼い頃から天才と称されてきた祓い師なのだ。

「君たち、お昼の用意ができたってさ」

台所を手伝っていたのか、母親のエプロンをつけた櫛笥《くしげ》が呼びにやってきた。煉と尊は嬉しそうに顔を見合わせると、入れ替わりに元気よく駆け出していく。物騒な話題から解放され、清芽は苦笑しながら二人を見送った。息子たちが揃って東京《とうきょう》へ出てしまったので、久しぶりに賑《にぎ》やかな食卓に母親も作る張り合いがあるに違いない。

「櫛笥さん、エプロン姿似合いますね」

「そう？　新妻みたい？」

おどけてポーズを取ってみせるが、お世辞でなく何でも似合ってしまうのは凄い。芸能人は違うなぁと感心していたら、眼鏡《めがね》の奥の瞳が悪戯《いたずら》っぽく輝いた。

「あの王様は、また独断でやらかしてるっぽいね」

「明良のことですか？」

「煉の話が聞こえたからね。どうりで、さっきから姿が見えないと思った。宮司に、昨日の月夜野について報告しなさいって言われていたくせにバックれたのかな」

「何か……いつも心配かけてすみません」

兄としては、日頃の櫛笥への横柄な態度も胸が痛いところだ。恐縮して頭を下げると、屈託なく笑った後で「いや、面白いから大丈夫」と言われた。

「あの王様は、こんこんと湧き出る泉だからね。でも、場所が狭すぎるんだ。その窮屈さが彼自身を傷つけないよう、見守っていたいな、とは思うよ」

「は……はぁ……」

言わんとすることはわかるが、喩《たと》えが詩的で少々気恥ずかしい。けれど、弟のことを親身に考えてくれるのは有難いと思った。特に、櫛笥のような信頼できる相手なら尚更だ。

「でも、最近は二荒《ふたら》くんのことも気になるんだよね」

「え？」

唐突に話題が凱斗へ移ったので、ドキリと心臓が音をたてる。ついさっきまで一緒にいて、その存在を愛おしく感じたばかりなので余計に落ち着かなかった。

「えっ、ええと、その、凱斗は土蔵に行って……」

「何、慌ててるの。君たちが恋人同士だってことはとっくに承知してるんだから、二人きりの時に何をしていようが気にしないよ。そうじゃなくてね」

くすくすと笑みを零し、墓穴を掘って赤くなる清芽を冷やかすように見る。

「明良くんだけじゃなく、二荒くんもちょっと特別だなぁって思ってさ」

「特別……ですか？」

「だって、他人の霊能力をコピーして自分で使ったり別の人間へ移したり、なんて真似ができる奴なんて、今まで見たことも聞いたこともないよ。そんなの、霊能力どころの話じゃないと思う。もしかしたら、この世で二荒くんだけかもしれない」

「櫛笥さん……」

単なる感想には留まらない、何かしらの意図を清芽は感じた。常に一歩引いた立場から、冷静に状況を見つめ続ける『観察者』ならではの視点が櫛笥にはある。

思った通り、その微笑が謎かけを含んで深くなった。

「唯一無二の力を持った二人が、清芽くんを挟んで同じ時代に生きている。しかも、君は人の身でありながら神格に近い〝加護〟付きだ。これって、絶対に意味があるはずだと思わない？　君は、その中心にいる自覚をもっと持たなくちゃ」

「中心にいる……自覚……」

「だって、考えてもごらんよ。偶然で揃ったにしては、出来すぎな感じがするじゃないか。明良くんが稀有《けう》な才能で君を守る一方で、二荒くんは君が〝加護〟に奪われた霊感をコピー能力で経験させることができる。二人とも君の〝加護〟に救われ、君に欠けているものを補える者たちなんだよね。相互に影響し合っている、そういう関係に見えるんだ」

「…………」

そんなこと、改まって考えてみたこともなかった。

いつだって目の前の問題に夢中で取り組むばかりで、自分たちが出会った意味なんて鑑《かんが》みる余裕もなかったのだ。

「俺たちが出会ったのには、何か意味があるんでしょうか」

「まぁ、それを言ったら意味のない出会いはないとも言えるけど。僕が言っているのは、もうちょっと重たい話かな。宿命とか、宿業とか、そういう抗い難い流れの方だね」

「な、何か、スケールが大きすぎて想像つきません。そりゃ、霊能力とか〝加護〟は普通の力じゃないけど、俺と明良はよくある兄弟だし、俺と凱斗だって同性ってところを抜かせば、ごくありふれた恋人同士と同じで……」

「悪いけど、清芽くんの認識はだいぶ事実とズレていると思うよ」

「…………」

にこやかに否定され、清芽はぐっと言葉に詰まった。

「それと、これは僕の私見なんだけれど……」

「はい？」

「多分、月夜野にも強い使命があるんじゃないかな。使命というか、命題？　つまりさ、どうしても遂行しないとならない目的が彼にはあって、それ以外は無価値なんだよ。だから、どうでもいいことに構ってはいられない。その結果が、あの情け容赦のない祓い方だ。目的遂行のためなら、どんな犠牲も厭《いと》わない。でも、これって誰かに似ているよね？」

強い目的があって、それ以外のことは無価値。

胸で反芻してみた後、清芽はハッと顔色を変える。

「櫛笥さん……」

恐らく、本人が聞いたら激怒するだろう。でも、清芽には否定できない。

月夜野の姿勢は、そのまま明良にも言えることだった。守るべきは兄だと公言して憚《はばか》らず、桁《けた》外れの霊能力もそのためにしか使いたがらない。

「今だから言えるけど、二荒くんにお兄さんを取られて、明良くんもそっちへ堕《お》ちるかと危惧《きぐ》していたんだ。祟り神に憑かれたのは、心が弱っていたからだろうし」

「それは……」

凄い、と清芽は言葉を無くした。

櫛笥は、一体どこまで事実を見通しているのだろう。

「幸い、危ういところで明良くんは留まった。君が〝戻ってこい〟と呼びかけたからだよ。ほとんど祟り神と同化しかけていた意識を、清芽くんは特別な呪も用いずに声だけで救った。あれを見た時、僕はとても感動したんだ。君たち兄弟の、血の繋がりだけでは説明のつかない強い絆《きずな》を感じた。だけど、同時に危険だな、とも思った」

「…………」

「ごめん、脅かすつもりじゃないんだ。〝自覚を持ってほしい〟って言ったのは、君の行動が及ぼす影響はそれだけ強いからって意味で。明良くんが月夜野の側へ行かないのは、清芽くんの存在が大きい。だからこそ、二荒くんも抑えているんだと思う。君を完全に奪ってしまったら、単なる兄弟喧嘩《げんか》の枠じゃ収まらないだろうからね」

誤解しないでほしいのは、と優しく櫛笥は付け加えた。

これは、明良くんが我儘だとか独占欲が強いとか、そんな単純な話じゃない。一般的な理屈で片付けちゃいけない問題だと思うんだ――と。

「このタイミングで月夜野が現れたのは、君たちの関係性について考える良い機会だよ。もっとも、そんな悠長なこと言っている場合じゃないけど……死んじゃったら、元も子もないし」

「え、縁起でもないこと言わないでくださいっ」

「いや、本当に。僕は観察者であると同時に、君たちの友人でもあるからね。一番に心配するのは、皆が無事でいるかどうかだよ。何しろ、無茶する連中ばかりだから」

その点については、清芽も返す言葉がない。けれど、いろんな問題が一度に持ち上がり、余裕を失くしかけていた気持ちが少しだけ落ち着いたのも事実だった。

「ありがとう、櫛笥さん。俺、気をつけます」

柔らかな気遣いに心を撫《な》でてもらった気がして、自然と表情が明るくなる。どんな問題と直面しても自分は一人じゃない、そう思えるだけで前向きになれそうだ。

「清芽くんは、お兄ちゃん気質だからね。案外、自分のことは人に言わないだろう？」

「え……と……」

「癖の強い奴らに執着されて大変だろうけど、それだけ君は〝何か〟を持ってるってことだ。霊感の有無や〝加護〟の正体にばかり振り回されないで、もっと自分の本質を信じてもいいと思うよ。まぁ、困った時には何でもお兄さんに相談しなさい」

「お兄さんって……」

一応最年長だからね、と言って、櫛笥はエプロンの胸元をポンと叩いた。


意外なことに、夕方になっても月夜野は姿を現さなかった。構えていた分、何となく拍子抜けした気分になった清芽は、テレビでも観るかと居間へ向かう。午後は宿題の作文をやらなくちゃと言って、櫛笥の指導の元、煉たちも客間へ籠もったきりなので静かなものだった。

「あれ、凱斗は？　いないの？」

「明良……」

大して興味のある番組もなく、やれやれとリモコンを切った時、ひょっこりと明良が顔を出した。月夜野のところへ行ったと聞いていたので一緒なのかと思ったが、どうやらそれもなさそうだ。揉《も》めてるんじゃないかと少し心配だったが、いつもと変わらない様子にホッとした。

「M大の佐原《さはら》教授から呼び出しが来て、出かけて行ったんだ。多分、今夜は向こうに泊まるんじゃないかな。電車で、片道二時間はかかるから」

「は？　この大変な時に？　月夜野の件が片付いてないのに、〝加護〟の正体もないもんだ。佐原教授って、うちの神社に奉納された古神宝を調査していた人だよね？」

「そう言うなって。父さんが、巫女の手掛かりで協力を頼んだら連絡がきたんだよ。こっちの都合で断れないだろ。どうも、メールとか電話じゃまずい内容らしいから」

「ああ、そういや巫女の怨霊って話題にすると〝呼ばれる〟んだっけ」

危ない危ない、と呟いた後、彼は一転して清芽の機嫌を窺うように笑いかけてくる。

「だったら、今夜も兄さんを独り占めだ。離れの部屋、行ってもいいよね？」

「構わないけど、おまえも物好きだよなぁ。東京でも一緒に暮らしているのに」

「兄さんの部屋は、父さんが特に強く結界を張ってるだろ。寄ってくる霊も少なくて済むし、俺が楽なんだよね。子どもの頃に出てきた奴で、まだ家の中をうろついてるのもいるし」

「マ、マジかよっ？」

真に受けて青くなると、からかうような目でねめつけられた。悪趣味な奴、とムッとしてみせたら、「まぁまぁ」とますます楽しそうに宥められる。

「いるだけで影響を及ぼす強い奴は、大体俺が片付けておいたって。でも、どのみち兄さんは感じないんだから、怖がる必要ないってば」

「…………」

相変わらず、地味に傷つく一言だ。だが、最近になって清芽にもわかってきた。多分、明良はわざとこういう言い方をしているのだ。

(俺に霊感がないってことが、こいつにはけっこう重要なんだよな。〝加護〟が働いている証拠だし、俺にくっついている大義名分にもなってるわけだし)

単純な我儘や独占欲ではない——昼間、櫛笥はそう言っていた。いっそ、それなら話は簡単だったのにと思うと、清芽も溜め息をつきたくなってしまう。今の自分たちが限りなく不安定な均衡の上にいる事実を、明良や凱斗はどう思っているのだろう。

「そういえば、おまえ月夜野さんに会いに行ってきたんだろ。どうだった？」

「胸糞悪《むなくそ》かった」

取りつく島もなく即答され、逆に何があったのか興味をそそられる。月夜野が一筋縄ではいかない人物なのは明らかだが、ここまで嫌悪を露《あら》わにする明良も珍しい。基本、彼の第三者への感情は「大切」か「どうでもいい」の二択しかないのだ。

「兄さんは、あいつを助けるつもりなの？」

前置きなしで、いきなり本題に切り込まれた。清芽は面食らい、僅かに返事が遅れる。それを迷いと取ったのか、明良はすかさず詰め寄ってきた。

「どうなんだよ？　わかってると思うけど、あいつは人殺しだからね？」

「ひ、人殺しって」

「だって、そうじゃないか。あいつが俺の呪を破ったせいで犠牲者が出たんだぞ。俺は、あのサイコ野郎を絶対に許さない。何が、〝加護〟の有無を確かめたくて、だ」

「明良……」

「兄さんは、廃屋での惨状を見ていないから呑気にしていられるんだ。尊が倒れたほど、残酷なやり方だったんだからな。いい加減、甘い考えはやめたら？　大体、あいつの魂胆なんか見え透いているじゃないか」

「俺を盾にして、〝加護〟の呪詛返しで助かろうって……？」

「それは……」

冷静に切り返すと、勢いを挫《くじ》かれたように口ごもる。やはり、明良の見解も凱斗と同じだったらしい。清芽は溜め息をつき、もう一度口を開いた。

「月夜野さんが、問題のある人なのはわかっている。でも、放っておいたら死ぬと言われて、平気で無視はできないよ。これは、彼の所業とはまた別の話だ」

「兄さん……」

「俺が迷っているのは、明良たちに心配をかけるのが目に見えているからだ。いくら〝加護〟があっても、正体が不確かな以上、何が起きても不思議じゃない。月夜野さんを庇って俺が死んだりしたら、傷つくのは周りの人だから」

でも、と真っ直ぐ明良を見つめ返す。

「知ってるか？　月夜野さんの一族は、長子が必ず三十歳で亡くなっているんだ」

「え……」

「凱斗が『協会』から引き出した情報だから、確かな話だと思う。でも、常識的に考えて偶然では済ませられないし、家系に何らかの呪詛がかけられている可能性が高いだろ？」

「三十歳で……」

何度か目を瞬かせ、明良は意味深に反芻した。

「じゃあ、〝あと七日で死にます〟って言うのは、誕生日のことを指しているのか」

「そう思う。時間がないから、本人はかなり焦っているはずだ」

「だからって、何をしてもいいわけじゃない」

同情の余地はない、とばかりに冷たく言い放つ。だが、それだけでは気が収まらないのか、挑発的な光が明良の目に宿った。彼は間近から清芽を見返し、「兄さん」と笑みを見せる。

「兄さんは頑固だから、俺が何を言ったって聞かないと思ったよ」

「明良……」

「でも、俺の話を聞いても月夜野に同情していられるかな」

「どういう意味だ?」

「さっき、訊いたじゃないか。月夜野に会いに行ってどうだった、って」

咄嗟に、その先は聞かない方がいい、と警告が鳴った。聞いてしまったら、後悔するかもしれない、と。けれど、真実に蓋《ふた》をしたままではいつまでも決断を下せない。月夜野という人間に向き合わない限り、清芽の中で答えは出せないのだ。

黙って続きを待っていると、短く息を吐いてから明良が言った。

「あいつ、人間を餌にして悪霊を育てているんだ」

一瞬、理解することを本能が拒んだ。

底冷えのする空気に身震いがし、何て返せばいいのかわからなくなる。

餌、という単語に、清芽は無意識に自らを重ね合わせていた。

4

M大の佐原義一《さはらよしかず》教授は、民俗学の第一人者だ。専門は土着信仰に基づいた祭事や儀式で、その際に使用される祭具・呪具《じゅぐ》についての研究では幾つも興味深い論文を発表している。そんな彼がY県の『御影《みかげ》神社』に興味を抱いたのは、ひょんなことから『日本呪術師協会』の人間と知り合ったことに端を発していた。

『日本呪術師協会』――名称があまりに禍々《まがまが》しいため、単に『協会』と略される方が多いこの機関は、公的にはあまり知られた存在ではない。しかし、その歴史は非常に古く、常に日本の歴史に寄り添いながら数多《あまた》の心霊現象に取り組み、解決を命題としてきた。また、関係者には現在も政財界に影響を持つ者が多く、公的機関から秘密裡《り》に非科学的な解決法を依頼されることも日常茶飯事だ。

研究の延長線上で『協会』の上層部と接触した佐原は、建立《こんりゅう》時から『御影神社』の宮司《ぐうじ》を務める葉室《はむろ》家に代々優秀な霊能力者が生まれており、中でも当代の宮司・真木《まなき》と次男の明良《あきら》には注目していると聞かされた。特に明良の才能は素晴らしく、神がかり的な力を発揮するらしい。

その血筋への好奇心と、神社建立の背景に何があったのかを解明したくなった彼は、論文にかこつけて古神宝の調査を真木へ申し出た。

「しかし、後から葉室家は『協会』とは一線を引いていると知ってね。どうも、私は繋《つな》ぎに利用されたらしいよ。『協会』の人間は、よほど明良くんを手駒にしたいと見えるなぁ」

陽の暮れた研究室で、佐原は凱斗《かいと》へインスタントコーヒーを勧めながら笑った。丸眼鏡《めがね》の奥で笑い皺《じわ》が寄り、白衣を着た小柄な身体は何となく温和な地蔵を思わせる。

「予定より時間はかかったが、あらかたの調査は終わって古神宝は宮司へお返ししたよ。御神体だけは借りるどころか目にすることも叶《かな》わなかったが、まぁ仕方がないね。何しろ、代々の神主しか拝見することができないS級の代物だ」

「破邪《はじや》の剣だと聞いています。ただ、概要については口外もできないとのことでした。本当に剣の形をしているのか、あるいは名称だけで別の何かなのか……それさえも」

「あそこは、天御影命《あめのみかげのみこと》が祭神だよね。火を司る鍛冶《かじ》の神様だし、信憑性《しんぴようせい》はあると思うよ。けど、二荒《ふたら》くんがまさか『協会』関係者とは驚いたなぁ。君が北岡《きたおか》教授のお供で学会に来た時、何度か顔を合わせたことがあったけど。正直、無口で無愛想な弟子だな、くらいで」

「……すみません」

背もたれのない簡素な丸椅子《いす》に腰かけ、凱斗は頭を下げた。以前、学問に生活の軸を変えようと『協会』を辞め、学会等へマメに足を運んでいたことがある。佐原とはその際に挨拶《あいさつ》を交わした程度だが、まさかこんな形で再会するとは思わなかった。

「いやいや、謝るようなことじゃないよ。君が発表した形代《かたしろ》に纏《まつ》わる小論文、いずれきちんと形にしてくれるかと楽しみにしていたのに、あれきりになってしまったのは残念……」

「……佐原教授」

「え？　ああ、そうだった。話が脱線するのが、私の悪い癖なんだ。ごめん、ごめん」

少しも申し訳なさそうではなかったが、人好きのする笑顔で言われると何となく許せてしまう。髪はぼさぼさ、身なりも構わず、極端にマイペースのいわゆる「学者バカ」の典型のような人物だが、凱斗は決して彼を嫌いではなかった。基本的に他人には関心を抱かないので、これだけでもずいぶんな例外と言える。

「宮司から連絡を貰《もら》って、ずっと史料をひっくり返してたんだよね。何か、私が見落とした物はないだろうかって。文献で伝わってないなら、暗号か、仄《ほの》めかしでも見つからないか、なんて無茶ぶりされたら燃えないわけにはいかないからさ」

「お忙しいのに、すみません」

「三回目だよ、それ。気にしないでいい。嫌なら断ってるし、絶対やらない」

からっと言い返されて、苦笑した。その顔が珍しかったのか、佐原は「ほほう」と感嘆の声を上げ、繁々《しげしげ》と見つめてくる。丸眼鏡がきらりと光り、彼はにんまりとほくそ笑んだ。

「二荒くん、改まって見ると実にいい男だねぇ。うちの助手たちが騒いでたのが、やっと理解できた。あ、助手って女ばかり三人いてね、出戻りが一人と行き遅れが二人……」

「――教授」

「あ、いけない。今のはセクハラ……パワハラ？　ま、いっか。とにかく、少し苦労したんだよ。でも、宮司が言っていた〝二人の巫女《みこ》〟については一つ発見があったよ。けど、文字にはするなって宮司から念押しをされていたからさ、こうして来てもらったってわけだ」

どういうわけか、と、そこで佐原が瞳を輝かせる。世紀の大発見か、と思わず凱斗が身構えると、他には誰もいないのに不意に声を落として囁《ささや》かれた。

「何度か、君の携帯へ電話をかけようとしたんだよ。でも、ダメだったんだ」

「え……」

「どうしても、繋がらないんだよ。携帯からだと電波が入らない、固定だと雑音がひどくて呼び出し音もまともに聞こえない。おまけに、妙な声が入るんだ」

「………」

「オーソドックスなんだけど、呻《うめ》き声みたいなのがね。一生懸命耳を澄ませたけど、どうしても言葉には聞こえなかった。で、君が来たら聞いてもらおうと思って録音してあるんだ」

「本当ですか？」

俄然《がぜん》、凱斗は色めきたった。普通の人間なら気味悪がって終わるところを、探求心が勝ってしまう辺りはやはり学者ならではだ。食いつきの良さに満足したのか、佐原は「ちょっと待ってて」と言うなり机の上に置かれた固定電話を鷲摑《わしづか》みにして引っ張り寄せた。

「きょ、教授っ」

「大丈夫。私が発注ミスしたから、コードが異様に長いんだ。ええと、録音機能は……と」

「………」

大雑把すぎる、と呆気《あっけ》に取られていたら、ニヤニヤと佐原が振り返る。彼の人差し指が再生ボタンを押すなり、テレビの砂嵐のような音が断続的に流れ出した。その中を縫って、次第に嗚咽《おえつ》のような声が混ざり出す。ほらほら、と嬉《うれ》しそうに目配せをされたが、凱斗の神経はどす黒く溢《あふ》れ出す憎悪に釘付けになっていた。

〝……ダ……〟

〝ダ……ヨ……ヨ……〟

〝……ヨ……ォ……〟

「これは……」

女の声だ。間違いない。

ぐっと息を止めて、這《は》い上る嫌悪と闘った。凄《すさ》まじい怨念が、とぐろを巻いて毒を撒《ま》き散らしている。こんなものを聞いて何故平気なんだ、と信じられない思いで佐原を見返したが、どうやら彼の耳には「雑音」にしか聴こえないらしい。

「どうかな？　混線とかじゃないよね？」

期待に満ちた明るい声音が、さっと空気を染め変えた。いつの間にか再生は終わっており、凱斗は深々と息を漏《も》らす。こめかみを冷たい汗が流れ、クーラーの効いている室内がやたら息苦しく感じられた。

「二荒くん、大丈夫かい？　顔色がひどく悪いよ?」

「いえ、平気です。でも、この録音は消した方がいいですね。非常に強い念を感じるので、何か災いを為《な》すかもしれません。それと、俺には警告に聞こえました」

「警告?」

「――無駄だ、と言っていました。護符を渡しますから、しばらくは肌身離さず持ち歩いてください。多分、俺がここを去れば大丈夫です」

「それって、私にも祟《たた》りがあるかもしれないってことかな?」

間髪容《い》れずに迫られて、迷いが一瞬脳裏に浮かぶ。

無駄に怖がらせるのも気の毒だし、そもそも本題にはまだ入ってもいない。その前に「呪《のろ》われるかもしれない」なんて話を聞かせるのは、さすがに憚《はばか》られた。万が一、彼を巻き添えにしたら大変なことになる、という危惧《きぐ》もある。

「ふぅん、それほど危険な案件なのかぁ」

「え?」

まだ答えてもいないのに、佐原は腕を組んでしたり顔をしていた。戸惑う凱斗に、丸眼鏡の

奥から悪戯《いたずら》っぽい目が向けられる。とても四十を越した大人とは思えない、ガキ大将のような表情で彼がねめつけてきた。

「返事に惑っている時点で、肯定しているも同然だろう。だが、気にしなくていい。信仰だの宗教だの呪術だのと研究しているくせに、私には不思議な体験が一つもない。だから、願ってもない機会なんだ。大丈夫、分は弁《わきま》えているよ。プロの邪魔はしない。しかし、私の知識が役に立つことは保証する。さぁ、遠慮なく話を続けよう。二荒くんは優秀だと北岡教授も言っていたし、記憶力については問題ないね？　では、まず〝二人の巫女〟のことだけれど……」

佐原の勢いに気圧《けお》されて、凱斗は口を挟《はさ》む隙《すき》もなかった。しかし、今はあれこれ考えている場合ではない。清芽《せいが》に呪詛《じゅそ》をかけた者が本当にいるのなら、ここからが正念場だ。

それにしても、と内心凱斗は焦っていた。

万が一に備えて護符は多めに用意してきているが、はたして今夜一晩もつだろうか。何者か知らないが、底知れない怨念の波動を痛いほど感じる。

（清芽の方は明良がついている。心配ないと思うが……）

左胸のちょうど心臓の辺りが、ちりっと熱くなった。凱斗は何食わぬ顔で話を聞きながら、そっと指先で叩《たた》いて異変を抑えようとする。先ほど佐原へ護符を渡そうと上着の内ポケットへ手を入れたのだが、思わぬ事態で叶わなかったのだ。

考えていたよりも、厄介な展開を招いたかもしれない。そんな思いが心に生まれる。

しのばせた護符の内の半分以上が、灰になっていた。

「悪霊を……育てている……？」

落ち着け、と自分へ言い聞かせ、清芽は真偽を問うように明良を見た。

「一体、どうしてそんなこと……」

「決まっている。自分に呪詛をかけた相手を、返り討ちにするためだ」

「…………」

「廃屋で犠牲になった人たちは、運悪く悪霊の餌食《えじき》になったんじゃなく、最初から食われる運命だったんだ。月夜野《つきよの》は〝加護〟の有無を確認するのと同時に、あの廃屋を急ごしらえの狩り場に仕立て上げた。それが真相だよ。あの男は、積極的に犠牲者を出していたんだ」

話しながら、みるみる明良の表情が歪《ゆが》んでいく。大きく取り乱したりはしない分、根深い怒りが全身を包んでいた。その話が本当なら、と身震いするような恐怖が清芽を襲う。いくら自分が助かりたいからといって、そんな所業が許されるわけがない。

「でも、じゃあ、どうして俺のところへ……」

「最初は保険のつもりだったのかもしれない。だけど、この数日で状況が変わったんだ。何があったかは知らないが、あいつは生半可な悪霊なんかじゃ呪詛に太刀打《たちう》ちできないと知った。そうして、最後に残った希望が……兄さんの〝加護〟だった」

「それ、昼間に月夜野さんと……」

「会って話したから、教えてやってるんじゃないか」

深々と溜《た》め息《いき》をつき、明良が真剣な目つきで詰め寄ってきた。

「兄さん、それでもまだ迷う？　あいつを助けなきゃって思う？　自分の身を盾にしてまで、救ってやる価値があるって？　もし、そうなら兄さんはバカだ。あいつの身体に、無数の霊が群がっているのが視《み》えないから、そんな綺麗《きれい》ごとが言っていられるんだ！」

「明良……」

「月夜野には、たくさんの手が絡みついている。爪の黒い子どもの手、マニキュアの剝《は》げた女の手、内臓を搔《か》き毟《むし》ったような真っ赤な手もあった。全部、狩り場で憑《と》り殺された連中だ」

「…………」

清芽の脳裏に、かつて経験した様々な悪霊が蘇《よみがえ》った。自分もまた餌《えさ》として見られている事実を思い、ぞくりと背筋が寒くなる。憑り殺された者の魂は、一体どうなってしまうのだろう。

「悪霊の一部となって、永遠に苦しみ続けるんだよ」

脅《おど》かすつもりはないだろうが、その言葉に心が凍りついた。

「兄さん、これは他人事《ひとごと》じゃないんだ。兄さんの魂だって、多くの悪霊がご馳走《ちそう》として狙《ねら》っている。今は〝加護〟があるからいいけど、もし食われるようなことがあれば今回の被害者と同じなんだ。だからこそ、俺は……月夜野の行為が許せない」

「え……」

「頼むから、あいつには近寄らないでくれ。俺にはわかるんだ。月夜野は、目的のためなら手段を選ばない。どんな非情な真似《まね》もするし、いくらだって手を汚せる。兄さんが、そんな奴のために危ない目に遭うなんて嫌だ。もし何かあったら、今度は俺が……」

「明良！」

咄嗟《とっさ》に、清芽が一喝《いっかつ》する。それ以上、言わせてはならないと思った。俺にはわかる、と思わず口走った彼に、その感情を絶対に自覚させてはならない。

「明良、俺なら大丈夫」

「兄さん……」

「もし、俺が月夜野さんに協力すると決めたら、おまえは俺を守ればいい。おまえの力なら、それができる。月夜野さんのためじゃない、俺がそうしたいと決めたことだ。傷一つ負わせないで、俺に目的を遂げさせてくれ」

「…………」

「信じてるから」

正面から貫くように、力強く弟を見つめた。数秒の沈黙が続き、やがて目が覚めたように明良の瞳に温度が戻る。我に返った途端、妙に気恥ずかしくなったのか、彼は慌てて視線を逸《そ》らすと、ふと壁にかけられた時計に目を留めた。

「……そういえば、父さん遅いな。もう八時になるのに」

祭事で出かければ、そのまま氏子さんの家に招かれることもあるが、大概は次のお務めがあると断って帰るのが常だった。言われて清芽も奇妙だな、と思い、ようやく周囲の異変に気づく。居間で話している自分たち以外、人の気配がしないのだ。

「そういや、俺が帰った時、家にいたのは兄さんだけだった。母さんは？」

「いや……知らない……」

「じゃあ、霊能力者戦隊のあいつらは？　大体、俺たちがこんな話をしていたら、櫛笥《くしげ》あたりは絶対口を挟んでくるはずだ。なのに、物音一つしない」

二人は顔を見合わせ、俄《にわ》かに高まり出した緊張に身構える。明良が注意深く周囲を見回し、何食わぬ様子で素早く真言を唱えた。

「オン・アニチヤ・マリシエイ・ソワカ」

「おい、何を……」

「しっ」

動くな、と合図され、清芽は身を固くする。夏の夜にしては、不気味なほど静かだった。庭でうるさいほど鳴く虫たちも、死に絶えたかのように沈黙したままだ。

「……結界が、すり替えられている」

「え？」

庭の方角へ視線を移し、一番闇の濃い一角を凝視しながら明良が呟《つぶや》いた。

「父さんの張った結界じゃない。昨日、家へ上がった時に小細工したな」

「昨日って……まさか月夜野さんが？　何のために？」

「さぁね。まったく、これが命を救ってくれって頼みに来た人間のやることかよ」

「煉《れん》くんたちゃ櫛笥さんは？　俺、ちょっと様子を見に……」

最後まで言わせず、明良が無言で左手を伸ばす。行く手を遮《さえぎ》られた清芽は、ただならぬ事態におとなしく従うしかなかった。みるみる研ぎ澄まされていく弟の空気に、狼狽《ろうばい》するだけの我が身が歯がゆくて仕方がない。

「信じてるって言われたし」

不敵なほど落ち着き払い、明良が唇の端を上げた。

「張り切らざるを得ないから」

「明良……」

「――俺が合図したら台所へ走って」

声のトーンが低くなり、有無を言わさぬ迫力に息を呑《の》む。わかった、と頷《うなず》くと、やや口調を和らげて「冷蔵庫のミネラルウォーター、持ってきてくれる？」と頼まれた。

「ミネラルウォーター?」

「そう。呪符を浄めるから」

そんなやり方もあるのか、と感心し、いつ合図があってもいいように身構える。

闇の一角へ向けた明良の視線が、ゆっくりと動き出した。黒目は、少しずつ〝何か〟の動きを追っている。庭との仕切りはきっちり閉められており、掃き出し窓に映る自分たちを清芽は奇妙な気分で見つめていた。

「ふざけやがって。仮にも、ここは神域の内だぞ」

小さく毒づき、明良が数枚の呪符を取り出す。同時に掃き出し窓がひとりでに開き出し、ガラスにべったりと指紋が浮かび上がった。

「オンキリキリバザラバジリ・ホラマンダマンダ・ウンハッタ」

床へ屈《かが》んだ明良は、速やかに結界の真言を唱え始める。人差し指で床に陣を描き、手にした呪符を並べていくと不意に窓が途中で止まった。

「オンキリキリバザラバジリ・ホラマンダマンダ・ウンハッタ・オンキリキリバザラバジリ・ホラマンダマンダ・ウンハッタ・オンキリキリバザラバジリ……」

くり返す真言の音色が、次第に強さを帯びてくる。その波動が異形のものを足止めしていることは、第六感の鈍い清芽にも容易に想像できた。

(……来た!)

呪符を置き終えた明良が素早く視線を流し、行け、と合図を送ってくる。清芽は弾かれたように踵《きびす》を返し、一目散に台所へ向かった——瞬間。

ズシン、と床が地鳴りを起こした。

何事かと振り返った先で、信じられない光景に絶句する。

明良の並べた呪符が燃え上がり、みるみる灰になっていく。開きかけた掃き出し窓には蜘蛛《くも》の巣のようなひびが無数に走り、見る間に激しく飛び散った。

「明良っ！」

破片の直撃を受け、明良の左頬《ほお》から一筋血が流れる。だが、彼は顔色一つ変えず勝ち気に笑むと、新たな真言を紡ぎ始めた。その声音に操られ、ガラスの破片がざあっと蠢《うごめ》く。とぐろを巻きながら一ヶ所に集まり出したそれは、まるで生き物のように空中でうねった。

「明良、おい！　大丈夫かっ！」

無我夢中で戻ろうとしたが、どうしても近づけない。見えない壁に邪魔をされ、清芽は思わず臍《ほぞ》を噛《か》んだ。明良は己との間に結界を張り、兄を安全圏へ隔離してしまったのだ。

「くそ！　おまえ、何やってんだよ！」

「ごめんって。……でもさ」

「え？」

肩越しに振り返り、彼は力強く答える。

「兄さんには傷一つつけないって、約束したから」

「おい……」

あれは言葉のアヤで、なんて言ったところで、今更通用はしない。脱力する思いで立ち尽くし、清芽は「おまえなぁ……」と尚も食い下がった。

「忘れたのかよ。俺には〝加護〟が……」

「残念。月夜野の読み通りに、動いてなんかやらないよ」

「え……」

明良は頰の血を指先でさっと拭《ぬぐ》い、ニヤリと微笑《ほほえ》む。

燃え尽きた呪符は灰となり、やがてぐずぐずと泡を出して溶け始めた。

研究室の鍵《かぎ》を閉め、お待ちどう、と佐原が陽気に振り返る。気がつけばすっかり陽が暮れており、大学構内は人気《ひとけ》がほとんどなくなっていた。

「今夜は、私の家に泊まるといい。祖父の代からの古い屋敷だが、部屋だけはある」

「佐原教授、ご家族は……」

「二十年近く前に妻に先立たれて、それ以来独り身だよ。さぁ、行こうか」

悪いことを訊《き》いてしまったか、と思ったが、本人はまるで意に介していないようだ。だが、佐原はまだ四十半ばなので、奥さんはかなり若い内に亡くなったのだろう。

どうりで、と凱斗は胸で呟いた。佐原の後ろには、時々柔らかな気配が生まれる。蛍《ほたる》の瞬きのような優しいそれは、恐らく奥さんのものだ。霊と呼ぶほど強くはないが、死ぬ間際まで夫を案じ続けていたに違いない。

「私のことより、二荒くんはどうなんだ？　結婚の予定とかは？」

廊下を歩きながら、佐原が尋ねてきた。二人分の足音が反響し、がらんとした空間に吸い込まれていく。研究室のある棟は構内で一番古く、もともと人の出入りが多くない場所だ。

「いいえ、結婚はしません」

「即答だなぁ」

「心に決めた人はいます。俺には、それだけで充分です」

「ふぅん……」

自分のことを話すのは苦手なので、それだけを凱斗は口にした。けれど、言葉にして誰かに伝えたのは初めてだったせいか、妙に気恥ずかしくなってくる。余計なことを言ったな、と少し後悔したが、どうも佐原に対しては警戒心が緩んでしまうようだ。

「お？」

天井を仰ぎ、佐原が声を漏らす。蛍光灯が切れかかっているのか、何度かちらついた後、突然光度が落ちて視界が薄暗くなった。

「嫌なタイミングだね。あんな話をしたばかりなのに」

「………」

「どうかした、二荒くん？　何か言いたそうだけど」

「いえ、教授が普通のことを口にしたので驚きました」

正直な感想を述べると、一瞬鼻白んだような顔をされる。だが、佐原はすぐに「本当だ」と笑い出した。さんざん霊現象に興味を示しておいて、今更怖がるなんて、と本人も思ったのだろう。けれど、その笑い声はどこか取って付けたような感じがした。

薄闇に歩く速度を緩めながら、二人は突き当たりの階段を目指す。何となくどちらも口が重くなり、ほとんど無言のままだった。

やがて。

しばらく進んだところで、佐原が思い切ったように言う。

「あの……さ……」

「振り返らないでください」

間髪容れずに答えると、ぐっと言葉を呑み込んで頷かれた。「プロの邪魔はしない」と言った己のセリフを、彼は忠実に守ってくれるつもりのようだ。

ずる、ずる、ずる。

凱斗は短く息を吐くと、一刻も早く建物の外へ出なくてはと考えた。佐原が〝二人の巫女〟について話し始めた時から、怖ろしい形相で自分たちを見ている存在には気がついていた。

ずる、ずる、ずる。

二人の足音に混じって、背後から〝何か〟が付いてくる。

喉《のど》から漏れる呻き声。苦しげに吐き出す濁った呼吸。

ずる、ずる、と床を引き摺《ず》る音が耳に纏わり、否応なしに嫌悪をかき立てる。

(こいつが、護符を燃やしたんだろうか。だとすれば、少々厄介だが……)

凱斗は、もともと〝聴く〟能力にはさほど長《た》けていなかった。もちろん普通の人間よりは鋭いが、尊《たける》のように霊と会話したり、撒き散らす呪いの言葉を聞き分けることは難しい。だが、そういう自分にさえ、佐原が「雑音」と称した録音の声ははっきり届いたのだ。それほどに強い怨念が、あの声には宿っていた。

『ムダダヨ』

嘲《あざけ》りと憎悪の入り混じった、死霊の呪詛。聞いた瞬間、鳥肌が立つほどの悪意を感じた。すぐ後ろにいる〝何か〟は、あの声の持ち主なのだろうか。

甘かったかもしれない、と微《かす》かな不安が胸に兆した。

もしそうだとすれば、それは自分たちをここから帰さない。

「二荒くん、訊いてもいいかな」

緊張を滲《にじ》ませた口調で、佐原が前方を見つめたまま口を開いた。

「私の思い過ごしかもしれないが、いつまで歩いても階段に行きつかない」

「そのようですね」

「……困ったな。今夜中にまとめたい史料があるのに」

溜め息をつく顔は、心底困惑している様子だ。パニックになってもおかしくない状況で、この反応は面食らうが有難かった。『協会』の仕事であらゆる霊障の場を経験しているが、大体はあらかじめ巻き添えが出ないよう部外者は遠ざけておく。他人を庇《かば》いながら悪霊と対峙《たいじ》するのは清芽で経験済みだが、もちろん一人の方が勝ち目は大きかった。

「……佐原教授」

「電話の女かな？　残念だけど、文字に残さずとも出てきちゃったみたいだね」

ずる、とまた音がする。ぜえぜえと、絞り出される息。苦しげな呻きの合間に、それは何かブツブツとくり返していた。凱斗は耳を澄ませて、何とか意味を推し測ろうとする。

（あ……のひと？　あのひとが……言った？　何を？）

死んでくれって。

「あの人がそう言ったから、あたし死んであげた」

ぞくっと背筋が凍りついた。すぐ耳元で女が囁いてくる。血走った目玉が、こちらをじろじろ見ているのがわかった。生臭い息がかかり、かはっと咳《せ》き込む音がする。ずる、と得体の知れない音が遅れてついてきて、彼女が何かを引き摺っているのがはっきりした。

「——佐原教授。間に合わせで申し訳ないんですが、これを」

足を止めた凱斗は、燃え残った護符を取り出した。端が焦げつき、完全な姿のものは一枚もなかったが、急いで指を噛んで滲み出た血を吸わせる。かつて、一時的に霊能力が弱まった櫛笥が無理やり呪《じゅ》を発動させる際に用いた方法だ。

「オン・アリニチヤ・マリシエイ・ソワカ」

みるみる血を吸収していく護符を、興味津々で覗き込む佐原へ渡す。これを持ったまま離れるように、と言い含め、振り向き様に一字呪の印を切った。

「ノウマク・サンマンダ・バザラダン・カン！」

バシッと閃光《せんこう》が走り、女の霊が叫び声をあげる。突然の展開に佐原は護符を握り締め、慌てて凱斗から離れた。

「シンデクレッテ、アノヒトガ」

受けた衝撃でがくっと上半身を背中側に折り、女が壊れた人形のような甲高い声を出す。繰《く》り言《ごと》の合間に、がくがくと全身が痙攣《けいれん》した。首が折れているのか、重たい荷物のようにぶらんと頭が揺れている。その首に、血と体液で汚れた縄紐が巻き付いていた。

あれか、と凱斗は悟る。あの紐で、女は首を吊《つ》ったのだろう。死んだ後も解けずに、ぶら下げたまま歩いている。

「アタシ、シンデ、アゲタ」

ぶらんぶらん、と背中で頭がしゃべっていた。生前好きだったであろう死に装束のワンピースが、腐った身体のせいで無残なまだら模様になっている。

「ふ……二荒くん……」

ずる、と女が再び歩き出した。

折れた首はそのままに、ずる、ずる、と紐を引き摺りながら。

怖い物知らずな佐原もさすがに息を呑み、どうするのかと目で問いかけてくる。だが、凱斗は少し戸惑っていた。先ほど護符を燃やした〝何か〟と、女の怨霊は力に差がありすぎる。そもそも、どう見ても女は巫女ではないし、何の脈絡もなく現れたとしか思えない。

「何なんだ……」

祓《はら》うべきなのはわかっていたが、さすがに状況が読めず躊躇《ちゅうちょ》した。だが、次の瞬間、頭上で蛍光灯が立て続けに破裂する。虚を衝《つ》かれた弾みに印が崩れ、完全な暗闇が凱斗を包んだ。

「二荒くん！」

「大丈夫です！　佐原教授は、そこから動かないでください！」

彼へ渡したのは、悪霊から身を隠す護身札だ。手放さない限り、気づかれることはない。

それよりも……と、感覚を研ぎ澄ませながら凱斗は気を引き締めた。

近づいてくる、女の気配。不浄を吸って重くなった紐が、怨念を含んで蠢いている。

「シンデアゲタァァノォォォ」

女が、どす黒い音で泣き叫んだ。

アノヒトガアノヒトガアノヒトガ。

狂ったようにくり返される言葉は、凄まじい呪いと執着に満ちている。恐らく「あの人」を連れていくまで、女は執念を燃やし続けるだろう。

「——オまえも、死ネ」

目の前で声がした。やけに生々しい声だ。反射的に身を庇い、護身法の印を結ぶ。ぐにゃりと空間が歪み、禍々しい咆哮《ほうこう》が響き渡った。

閉ざされた闇の中で、凄まじい瘴気《しょうき》が広がり始める。

巻き込まれまいと全身に力を込め、凱斗は新たな真言を唱え始めた。


「オン・バラダハンドメイ・ウン！」

明良の声が波動となり、闇を切り裂いていく。結界に阻まれて見守るしかない清芽は、何が起きているのかも視認できず、もどかしさを募らせていた。

（そうだ、凱斗は……凱斗は無事なのか？）

ふと、離れた場所にいる恋人が気にかかった。明良の読み通り、これが月夜野の仕業なら凱斗に累が及ぶことはないだろうが、出て行ったきり一度も連絡がないのもおかしな話だ。そもそも〝二人の巫女〟について調べにいったのだから、何も報告がないのは不自然だった。

（まさか……）

ぞく、と悪寒が背中を走る。

一緒にいても常に危険が付いて回るのに、安否すらわからないなんて絶対に普通じゃない。

「いい加減、術者が出てきてもいい頃だろ？」

散り散りになる影を呪符でひとまとめに燃やし、明良が庭に向かって声をかけた。ハッとして清芽が同じ方向を注視すると、ゆらりと闇の一角が揺らぐ。それは徐々に人の形を取り、まるで奇術のトリックを見るように月夜野が現れた。

「やっぱり、明良くんには通じませんか。さすがですね」

残念、と肩を竦《すく》める様子には微塵《みじん》も罪悪感など見当たらない。一糸乱れぬ着物姿で涼しげに佇《たたず》む彼からは、場違いなほど優雅な雰囲気が漂っていた。

「困ったな。今度こそ、〝加護〟の実力を見せていただこうと思ったのに」

「ど……どういうことですか、月夜野さん！」

もし清芽が一人だったら、間違いなくパニックを起こしていただろう。視えない、聴こえないからこそ、些細《ささい》な異変は恐怖を倍増させる。ひとりでに開く窓、ガラスに浮き出る無数の指紋。それらは全て、正体がわからない故に余計に怖ろしい。

「清芽くんの〝加護〟は、君自身が危険に晒《さら》されないと発動しない。だから、少し手荒な真似をしないとダメかなと思ったんです。すみません、悪気はないんですよ?」

「ふざけるな!」

明良の言霊《ことだま》が矢となって、一斉に月夜野を襲った。だが、彼は顔色も変えずに右手の一振りで薙《な》ぎ払い、一瞬で霧散させてしまう。美しい顔に苦笑を刻み、子どもに言い聞かせるような口ぶりで彼は言った。

「ダメですよ、そんな雑な呪を使っては。せっかくの評判に傷がつくじゃないですか」

「評判? そんなもの興味ないね」

「明良くんになくても、お兄さんには自慢ですよね? ねぇ、清芽くん?」

「え……」

にっこりと同意を求められ、ますます月夜野という人がわからなくなる。呑気《のんき》に世間話ができる状況ではないのに、彼はまったく無頓着だ。

だが、次の瞬間、事態は一変した。

「………」

月夜野の笑顔が凍りつき、その左頬に一筋の傷が浮かび上がる。鮮やかな血がみるみる滲み出し、真紅の雫《しずく》が頬から顎《あご》をつたって数滴、滴《したた》り落ちた。

「明良くん……」

「おあいこだ」

にんまりと笑みを返し、明良がうそぶいた。言霊の矢はトラップで、別の呪を飛ばしていたらしい。極度に負けず嫌いな彼が、やり返さずにいるはずがなかったのだ。

「……まいりましたね……」

深々と溜め息を漏らし、初めて月夜野の表情が崩れた。口では何と言おうと、明良に負ける気は毛頭なかったに違いない。

「ずいぶん長くこの商売をやっていますが、呪で傷をつけられたのは久しぶりです」

「綺麗な顔だしな?」

「いえ、それはお構いなく。どのみち、私にはわかりません」

「え?」

意味不明な返答に戸惑った後、あ、と明良が声を出した。

「もしかして、おまえ……」

「わかっちゃいましたか。ええ、私は——自分の顔が見えないんです」

「…………」

「鏡を覗いても、映るのは目も鼻も口もない、のっぺりした皮膚だけです。写真やビデオでも同じこと。もっとも、滅多に撮らせもしませんが。余計なものも写ってしまうので」

余計なもの、と言った時だけ、微かな憎悪が含まれる。恐らく、月夜野が生まれつき背負った様々な宿命に大きく関わる存在なのだろう。そう思うと気の毒な気もする、と清芽の心がぐらついた時、まるで油断を咎《とが》めるように明良が己の頬の傷から再び血を拭った。

「明良、おい、乱暴にしたら……」

どうして結界を解除してくれないのか、と焦る清芽をよそに、彼は新たな呪符に血で梵字《ぼんじ》を書きつける。真言を唱えながらその呪符を月夜野に向け、胸元へぐいっと押し付けた。

凍えるような眼差しに、絶対者の焔《ほのお》が燃え上がる。

「答えろ。おまえ、何を連れてきた？」

「あき…らく………」

「言わなければ、このまま心臓を抉《えぐ》る」

何の感情も交えずに、明良は冷たく言い放った。迫力に圧倒され、月夜野が彼を凝視する。脅しや冗談でなく、本気でやりかねないとわかったのだ。

「……月夜野。兄さんを巻き込むなら、相応の覚悟をしろ。かすり傷でもつけたら、即座に俺が敵になると思えよ。おまえが何者であろうと、一番残酷な方法で必ず呪殺してやる」

「明良ッ！　何てこと言うんだよ！」

たまりかねた清芽が、思わず声を荒らげた。

「おまえの霊能力は、人を殺《あや》めるために備わったものじゃないだろ！　そんなことしてみろ、一生おまえを許さないからなっ。今まで、父さんに何を教わってきたんだ！」

「兄さん……」

「殺すなんて、軽々しく言うな。明良、おまえの言葉には力がある。私怨に引きずられたら、終わりなんだぞ。まして、俺のためなんて絶対に嫌だ！」

「…………」

　この場で一番非力なのは、どう考えても清芽だ。しかし、どんな呪を使うよりも今の一喝には効果があった。明良のみならず月夜野すらも絶句し、鼻白んだように黙り込む。

　しばしの沈黙の後、最初に口を開いたのは明良だった。

「……わかったよ。月夜野がどんなに嫌な奴でも、手を下したりしない」

「よし」

「兄さんを守りたくて言ったのに、嫌われたんじゃ本末転倒だからね。でもさ、兄さんだってひどいと思うんだよ。この際だから、俺も言わせてもらうけど」

「何の話だ？」

　いきなり矛先が向けられ、心当たりのない清芽は困惑する。自分は結界に隔たれながら気を揉《も》んでいただけで、明良へひどいことをした覚えなんてまるでなかった。

「ほらね、自覚がないから嫌なんだ。あのさ、俺が月夜野の呪と対峙していた時、凱斗のこと考えていただろ。目の前の俺じゃなくて、凱斗の心配してたよね？」

「あ、や、それは……その……」

「傷ついたから」

「……ごめん」

言い訳のしようもなく、しょんぼりと清芽は肩を落とす。明良への安心感があったのも事実だが、凱斗は目を離すとすぐ無茶をするので気が気ではないのだ。一度真面目に怒ったら「気をつける」と約束はしてくれたが、どこまで守っているかは信用できなかった。

「君たちは仲がいいですね」

兄弟のやり取りを見ていた月夜野が、くすくすと笑い出す。明良は決まりが悪くなったのか、渋々と呪符を戻すと二、三言口の中で呟いた。たちまち端に火が灯《とも》り、瞬く間に燃え上がる。火の粉を爆《は》ぜながら宙に舞った呪符は、床へ落ちるまでに完全な灰に変わっていた。

「月夜野、質問に答えろ」

「質問……？」

「とぼけるな。おまえ、連れてきているだろう。そいつの正体は、兄さんの〝加護〟を利用してまで祓いたいものなのか？　だったら、その説明をしろ。……それと」

まだ何か、と澄まし顔の月夜野へ、珍しく口ごもる。どうしたんだ、と清芽も怪訝《けげん》に思っていると、取り繕うような早口で「結界を解け」と言った。

「結界？　だって、清芽くんは君の……」

「兄さんじゃない。他の連中のだ。おまえ、あいつらが部屋へ入るのを待って邪魔されないように結界を張り直しただろ。でも、連中だって無能じゃない。普通なら、とっくに破って駆けつけてくるはずだ。それができないとなると、少し面倒な呪を使ったんじゃないのか」

「まぁ、面倒と言えばそうですね。月夜野家に伝わる、独特の結界法ですから」

まったく悪びれる様子もなく、月夜野はあっさりと認める。自分が清芽たちに何をしでかそうとしたのか、少しも自覚していない顔だ。初対面の時は柔らかな印象の、清廉潔白な青年そのものだったが、目の前の月夜野からは何も感じられなかった。

(そう、強いて挙げるなら……〝空虚〟だ。固い殻の中には、何もないような……)

清芽は、ぞくっと身震いをする。

そんな穴を抱えた人間が、生への執着や欲を動機にここまでするものだろうか。

「わかりました。すぐ結界を解きましょう。間もなく、清芽くんたちのご両親も敷地へ入って来られると思います。その代わり、私の話を聞いてくれますね?」

「誕生日に死ぬ、という呪詛のことですか」

「…………」

単刀直入に切り出すと、月夜野の表情に動揺が走った。彼らしからぬ人間臭い反応に、却《かえ》って清芽の方が戸惑ってしまう。しかし、すぐさま優美な微笑を取り戻し、彼は努めて淡々と質問に答えた。

「そうです。私の父も祖父も曾祖父も、三十歳で亡くなりました。死因は様々です。事故死、病死、不審死……毒を盛られた人もいたそうです。けれど、それでも次の世代へ繋げる責任があった。自分たちの代で本家の血を絶とうとする者はいませんでした」

だからこそ、と月夜野は断言した。

「私は、彼らの分の宿業を背負って生まれてきました。何としても生き延びます」

「………」

「どんな犠牲を払ってでも」

見惚《みと》れてしまうほど整った顔立ちに、ようやく人間味の欠片《かけら》を見つけ出す。

月夜野の一族にかけられた呪詛が、今紐解かれようとしていた。

5

「ただいまぁ……っと」

出向先のチームで飲み会があって、その晩の俺はちょっと機嫌が良かった。前から気になっていた派遣の女の子と、好きな映画の話で盛り上がったからだ。就職して二年、変わり映えのしない毎日にウンザリしてたけど、そろそろ君にも楽しいイベントが起きてもいいよ、と神様が思ってくれたのかもしれない。

「気分いいな。やっぱ、もうちょっと飲むかぁ」

深夜近くになって一度はマンションへ戻ったが、またぞろアルコールが欲しくなってきた。けど、生憎《あいにく》とビールのストックが切れている。そういえば近所のコンビニで酒を売り始めたんだっけと、少し迷ったが買いに出ることにした。

「……っと、やべ。携帯忘れた」

エレベーターのボタンを押したところで、俺は慌てて引き返した。彼女とメアドの交換をしたんで、もしかしたらメールがくるかもしれない。こういうのはさ、タイミングが大事だろ。

波がきたな、と思ったら積極的に乗っていかなきゃな。

俺は鍵を開けてリビングへ戻り、テーブルに出しっ放しの携帯電話を掴《つか》む。そのまま踵《きびす》を返して再び玄関を出ると、改めて鍵をかけようとした。この前、近場に空き巣が入ったって聞いてからは五分十分の留守でも施錠《せじょう》を習慣づけている。

「へ……？」

がちゃん。

一瞬、意味がわからなかった。内側から誰かが、俺より早く鍵を閉めたのだ。

「え……と……」

いや、待ってくれ。そんなこと、あるわけないだろ。

俺は一人暮らしだし、たった今戻った部屋にはもちろん誰もいなかった。どうして誰もいない部屋で、内側から鍵がかかるんだ？

「…………」

酔いがいっぺんで吹っ飛び、俺の頭を凄《すさ》まじい勢いでいろんな可能性が駆け巡った。

誰かの悪戯《いたずら》？　いや、飲み会から帰った時はちゃんと鍵がかかっていた。合鍵を持っていた元カノ？　まさか、別れた時に突っ返されたじゃないか。大家は遠方に住んでるって話だし、管理人は深夜の在勤はしていない。後は、窓から侵入した泥棒……いやいやいや、ここは六階で窓の向こうは駐車場だ。苦労してよじ登ったところで、金がありそうな部屋じゃない。

じゃあ、何だ。

「…………」

振り出しに戻った途端、頭が真っ白になった。

誰かが、俺の部屋にいる。

そいつは気配もなく、足音もしない。大体、俺のすぐ後ろにぴったりついていなきゃ、玄関を出た直後に鍵なんかかけられない。でも、後ろに人なんか……。

いなかった。

「うわ……ッ」

次の瞬間、ぞわっと全身に鳥肌が立った。

いなかった。絶対に、後ろに人なんかいなかった。

「う……うそだろ……」

俺は手の中の鍵を握り締め、どうしようどうしようとバカみたいにくり返す。部屋へ戻って調べるのが一番だと思ったが、なかなか踏ん切りがつかなかった。無人でも充分怖いが、万が一何かがいたら——その時、俺は正気を保っていられるだろうか。

確認のために、ドアノブを回してみた。やっぱり鍵がかかっている。それとも、酔っぱらって変な勘違いをしただけだろうか。時間がたつにつれ、霞《かすみ》がかかったように記憶が曖昧《あいまい》になってきた。もしかしたら、違っていたのかも。浮かれていて、記憶が飛んだだけなのかも。

「は、はは……」

掠《かす》れた笑い声が、喉《のど》から漏れた。

そうだ、びくびくすることなんかない。今夜は良い日で、俺はご機嫌だった。後は彼女からのメールを待って、ベッドで寝るだけじゃないか。ビールなんかどうでもいいから、さっさと部屋に帰ってテレビでもつけよう。アルコールじゃなくて、コーヒーを飲もう。

あれこれ考えていたら、全然大したことじゃない気がしてきた。俺は深く息を吐くと、気を取り直して鍵を開ける。何事もなくドアが開き、おそるおそる「……ただいま」と中へ声をかけてみた。当たり前だが返事はなく、緊張していた分、変な笑いがこみ上げる。

「やっぱり、酔いが残ってたかなぁ」

急に恥ずかしくなって、俺はそそくさと家へ上がった。こんな勘違いは、きっとよくあることだ。越してきて間もないから、まだ少し緊張しているんだろう。そう自分へ言い聞かせ、その晩は着替えるのもそこそこに寝てしまった。コーヒーのことは、忘れていた。

一ヶ月後、俺は己の順応力に驚いていた。

あの夜の奇妙な現象は勘違いなどではなく、あれ以来ずっと続いている。俺が家を出て、鍵をかけようとする。だが、一瞬早く中からがちゃりと鍵がかけられる。ドアを開けても誰もおらず、呼びかけても返事がない。初めのうちは気味が悪くて仕方なかったが、一、二週間もしたら慣れてしまった。むしろ、鍵のかけ忘れがなくて助かる、とさえ思っている。俺は勝手に見えない同居人と暮らしている気分になり、平凡な人生にも時にこんなことは起きるさ、と無理やり自分を納得させてしまった。

だが、浮かれていられる期間は案外に短かった。

いつものように会社帰りに近くのコンビニへ寄った俺は、顔馴染《なじ》みになった深夜バイトの青年からとんでもない話を聞かされたのだ。

「え？　マジ、知らなかったんですか？　いや、それはヤバいっすよ。ちゃんと、不動産屋に抗議した方がいいですって。前の住人は普通に住んでた？　いやいや、それがあいつらの手なんです。間に別の住人を挟めば、告知義務が解消されるって思ってんですよ。まぁ、実際、借りる人間からツッコんだ質問されない限り、自主的に報告しないところも多いですけどね。だけど、客に訊《き》かれたら正直に答えなきゃダメなんです。だから、文句言って敷金・礼金返してもらって、早いとこ越した方がいいですよ」

普段からおしゃべりな彼が、それこそまくしたてる勢いで「ヤバい、まずい」をくり返す。驚いたことに、俺が住んでいる部屋はいわゆる事故物件だったのだ。彼は実家暮らしなので、あれこれ近所から情報が集まってくるらしい。

「母子家庭の女の子が虐待死したとかで、ニュースにもなったんですよ。けど、割とすぐ新しい住人が決まったんで、なし崩しに噂《うわさ》は下火になりましたけどね。その新しい住人ってのが、素人離れした美形で……今から思うと、あれ、不動産屋の関係者だったんじゃないかなぁ。彼のインパクトが強くて、いつの間にか事故物件のイメージ薄れましたもん。ま、半年くらいで引っ越しちゃいましたけどね。まるで、ほとぼりが冷めるのを待ってたみたいに」

「…………」

聞けば聞くほど、腹がたってきた。

ふざけんな。下見の時も契約の時も、もちろん俺は何も報告を受けていない。自然死だって抵抗あるのに、虐待って何だよ。そんな気色悪い部屋、もう絶対に帰りたくない。

俺の顔色を見て、青年は「大丈夫っすか？」と心配そうに尋ねてきた。くそ、大丈夫なわけないだろ。おまえが、余計なことを言うからじゃないか。

苛々《いらいら》としながら買い物袋を受け取り、俺はコンビニを後にした。マンションへ戻るのは嫌だったが、だからって着替えもなしでは明日の出社に差し障る。どうしようかと迷いながら夜道を歩いていたら、奇妙な同居人のことが脳裏を掠めた。

がちゃん。

俺が出かけると、必ず内側から鍵を閉める者。

「母子家庭って言ってたよな……」

死んだ女の子は、いつもそうしていたんだろうか。働きに出る母親を見送り、戸締まりには気をつけなさいと言われていたのかもしれない。

そこまで考えて、俺はハッとした。

俺の後ろには、誰もいなかった。最初に異変を知った時、そう思って怖くなった。でも、本当に誰もいなかったのか？　確かに気配はしなかったけれど、それは無意識に大人を想定していたからだ。だけど——小さい女の子だったら？

俺は、ぞっとして息を呑んだ。

出かける時だけじゃなく、俺の後ろにいつも死んだ女の子がいたとしたら。

ダメだ、今すぐ出て行こう。俺は唐突に決心を固め、マンションまで駆け戻った。震える手で鍵を開け、薄暗い室内へ無我夢中で飛び込んでいく。一瞬でも躊躇《ちゅうちょ》したら、もう部屋へ入る勇気は持てないと思ったからだ。

無人の部屋は今朝出た時と何も変わらず、シンと静まり返っていた。見慣れた光景なのに、何だかやたらと闇が怖い。部屋のどこかに、小さな影が蹲《うずくま》っているんじゃないか。あるいは、もう俺の足元まで来ているんじゃないか。嫌な想像ばかりが膨《ふく》れ上がり、一刻も早く荷物をまとめなくてはと気が焦った。

五分で当座の必需品と着替えをトランクに詰め込み、俺は汗だくになって玄関へ向かう。外へ出るまで気が気じゃなかったが、何とか脱出に成功した。ゆっくり閉まるのが待てず、上からドアを押さえつけてホッと息をつく。さぁ鍵をかけようと思った瞬間、あ、と声が出た。

しまった。鍵を室内に置いてきた。

どうしよう、と数秒迷った。取りに戻るのは気が進まなかったが、鍵もかけずに留守にするのはやっぱり抵抗がある。

それに、どういうわけか今日に限ってあの音が聞こえなかった。

がちゃん。

内側から鍵を閉める、あの音だ。

「くそ……ッ」

俺は覚悟を決め、もう一度ドアを開けた。大丈夫だ。鍵を取って戻るくらい、全然大した時間じゃない。さっと立ち去れるよう、靴は履いたまま上がればいい。

よし、と弾みをつけて中へ入ろうとしたが、そこで俺の動きは止まった。

「ひ……ッ……」

ぬっと突き出された手が、素早く俺の手首を掴む。そのまま抗《あらが》う間もなく、凄《すさ》まじい力で引きずり込まれた。わけがわからず混乱したが、小さな女の子じゃないことだけは確かだ。男か女か、いや、人間なのかさえわからないモノが、有無を言わさず俺を引っ張っていく。

「あ……がッ」

やめてくれ。肩が外れそうだ。声にならない叫びをあげ、俺は前のめりに倒れ込んだ。相手は構わず俺を引き摺《ず》り、どんどん奥へ歩いていく。腕が千切れる、助けてくれ。悲鳴は痛みに押し潰《つぶ》され、喉が空しく鳴るばかりだった。

「……なさァ」

相手が、ブッブッと何かを言った。泥を被《かぶ》ったような、不快な声だ。

「……さァい」

何なんだ、こいつは。俺は、今までこんな化け物と暮らしていたのか。恐怖にかられる一方で、頭の半分がやたらと冷えていく。生臭い臭い。べっとりした感触。暗がりで姿はよく見えないが、化け物はむぐむぐと呟《つぶや》き続けていた。

「……かえ……かぇ……なさァ……ァアァイ」

まるきり感情のない声に、ぞっと背筋が寒くなる。俺は無我夢中で暴れ、化け物を振り払うのに成功した。そのまま手近のバスルームへ逃げ込み、急いで扉を閉めようとする——が。

「お……あぁ……」

ダメだ、遅かった。呻き声を上げながら、化け物が押し入ってきた。狭いユニットのバスタブには、張った覚えのない湯が満ちている。湯気から感じる、奇妙な現実感。ほんの少し前まで、俺が住んでいた場所の匂い。

冗談じゃない、俺の世界に、こんな化け物はいらない。

瞬時に気力が戻った。逃げなきゃ、と勇気を起こして化け物に突進する。突き飛ばそうと両手を前に出すと、そのまま奴の身体に手のひらがめり込んだ。

「あっ！」

くちゅり、と嫌な音がして、生温い臭いが湯気と混ざり出す。猛烈な吐き気に襲われ、俺は思わず足をふらつかせた。濡《ぬ》れた床で革靴が滑り、しまった、と思った瞬間バスタブの縁に頭から激突する。

「ぐ……」

変な音だ、と思った。

ぐうう、ぐううと喉から壊れたように漏れ続けている。

何重にもぶれた視界に、バスタブに浮かんだピンク色の肉片が映った。

頭が熱い。ぬるぬるする。ぬるぬるぬるぬるぬるぬるすすすすす。

「う……ぁ……」

あれは、俺の脳みそだ。

脳みそが、湯船で煮えている。

「お……えり……ぁあい……」

狂ったようにくり返される化け物の声が、ようやく何て言っているのかわかった。

おかえりなさい、だ。

真木《まなき》が強い結界を張った、本殿奥の小部屋。

今、ここに月夜野《つきよの》と清芽《せいが》、明良《あきら》の兄弟が顔を揃えていた。月夜野の呪で客間に閉じ込められていた櫛笥《くしげ》たちも同席を希望したのだが、清芽がやんわり断ったのだ。怒った煉《れん》にはさんざんゴネられたが、頑として引かない姿にとうとう彼らも根負けした。

「いいの、兄さん？　あいつら、絶対に部屋の前で待ち構えてるよ」

面倒は嫌だな、と明良が眉《まゆ》を顰《ひそ》める。だが、兄らしからぬ頑《かたく》なさには何か感じるものがあったようだ。それ以上は言及してこない彼へ、いいんだよ、と清芽はちいさく微笑《ほほえ》んだ。

「月夜野さんは、俺に協力を頼んできたんだ。皆には関係ない」

「……ふーん。じゃあ、俺は？」

「おまえは別だろ。身内なんだから」

「…………」

そう来るとは思わなかったのか、明良が虚を突かれたような顔になる。呆《あき》れるほど自信家で俺サマなくせに、こと清芽に関しては違うようだ。けれど、自分を庇《かば》って悪霊を蹴《け》散《ち》らしてくれた弟を、この期に及んで蚊帳《かや》の外にはできなかった。

「一番聞き分けがないのが明良だからな。どうせ、ダメだと言っても無駄なんだろ？」

「まぁ、そうだね」

満更でもない様子に苦笑し、こういうところは昔のままだな、と安堵《あんど》する。清芽が凱斗《かいと》の導きで〝加護〟の存在を知り、深く霊的な世界へ関わるようになってからというもの、明良は常にピリピリしていた。過剰な執着もその頃から始まったことを思うと、無闇に突き放すのは逆効果な気がする。

清芽は一つ息を吐くと、正面に座る月夜野へ向き直った。

「では、話してください。月夜野家にかけられた呪詛《じゅそ》について」

「わかりました」

頷く月夜野の瞳に、燭台《しょくだい》の炎が妖《あや》しく映る。少しも眩《まぶ》しくないのか、その表情は能面のように変わらなかった。冷ややかな顔の明良と、緊張して息を詰める清芽の前で、血の気のない薄い唇が語り部のように動き始めた。

「これは、私の一族に代々伝わる呪いの話です。月夜野家は、もともと強い霊能力を有する一族でした。そう、ちょうど葉室《はむろ》家の皆さんと同じです。違っていたのは、女系だったということでしょうか。より強い力は、一族の女性に多く授けられていました。その力を活かして、神の憑代《よりしろ》——巫女《みこ》としての務めをはたす者が多かった」

「巫女……」

聞き捨てならない単語に、動揺が口に出る。ちょうど〝加護〟に纏《まつ》わる手がかりとして、巫女の存在を調べているところなのだ。連絡のない凱斗のことがちらりと脳裏を掠め、彼は無事なんだろうかと不安が胸に兆した。

「清芽くん、意外に思われるでしょうが、月夜野家と『御影《みかげ》神社』には繋がりがあるのです」

「え……？」

『御影神社』建立《こんりゅう》の際、祭神の神降ろしをする巫女を、天御影命《あめのみかげのみこと》の神託によって近県に住む月夜野の一族から二人出しています」

「…………」

絶句する清芽の隣で、明良が俄《にわ》かに好奇心を目に浮かべる。まるきり他人事《ひとごと》であったはずの月夜野の呪詛は、二人の巫女を差し出した一族のものだったのだ。繋がる因縁の糸に、室内の空気は否が応にも張り詰めていった。

「けれど、すぐに問題が起きました。一人は祭神の祝福を受けて神社に留まったものの、どういうわけかもう一人は儀式の途中で帰されてきたのです。気の毒ですが、神降ろしに失敗した巫女は不浄と見なされ、神から拒まれた乙女としてまともな人間扱いはされません。彼女は人間と交わることを許されず、幽閉同然の生活を強いられました」

ジジ……と、燭台の炎が揺らめく。

月夜野は瞬きもせず、食い入るような兄弟の視線を浴びていた。

「やがて、巫女が帰された理由が判明しました。彼女は、純潔ではなかったのです。密《ひそ》かに土地の若者と通じ、そのことを黙ったまま『御影神社』へ巫女としてあがったのでした。これは、神を謀《たばか》る重罪です。当然、その報いは受けねばなりません」

「報いって……まさか……」

「そうです、清芽くん。一族への見せしめの意味を込めて、月夜野の当主は巫女を生きながら八つ裂きの刑に処しました。頭と右手、右足を天御影命への供物《くもつ》として『御影神社』へ送り届け、残りはこちらで処分したようです」

「……うちへ？」

「それが、不浄の巫女を差し出した失態を償う、当主なりの苦肉の策でもあったのでしょう。しかし、この時を境にして、月夜野家の平穏は崩れ去りました。右腕を一本、左腕を一本、時間をかけて切り刻まれていく間、巫女は苦悶《くもん》の絶叫と共に月夜野家への呪詛を喚《わめ》き散らしていたと聞きます。同じ一族の者を嬲《なぶ》り殺しにする畜生ども、末代まで祟《たた》り殺してやる、と。その声は両方の手足を失い、最後に頭を切り落とされるまで続いたそうです」

「………………」

それは、想像するのもおぞましい光景だった。

真っ青になる清芽の背中を、正気づけるように明良が軽く叩く。さすがに顔色一つ変えてはいなかったが、不快な色は瞳に剣呑《けんのん》に滲《にじ》んでいた。

「死に様は惨《むご》かったけれど、当主はまともに取り合いませんでした。堕《お》ちた巫女の戯言《たわごと》など、いちいち聞く耳を持ってはいられませんからね。ですが、処刑から一週間後、ちょうど三十歳になる当主の一人息子が事故で死にました。落石に遭い、身体の右半分が潰れていたと記録されています。その後も身辺で不幸が相次ぎ、ついに当主自身が死の床に瀕《ひん》した時、巫女の亡霊が現れて告げました。月夜野家の直系男子は、未来永劫《えいごう》、長子が三十歳を越えることはない。この呪いは、おまえの子孫が死に絶えるまで続く、と」

「それが、月夜野さんの呪詛……」

「はい。予言に震えた当主は、何としても呪詛返しを成就させるようにと遺言を残しました。しかし、あらゆる呪法を用いても巫女の怨霊を調伏《ちょうぶく》することはできず、その後も何代にも亘《わた》って長子の死は続きました。事故、自殺、病気、殺人、考え得る限りの死が訪れたのです。おかしなことに、それまで女系として栄えていた月夜野家は、巫女の死を境に男子の生まれる確率が非常に高くなっていました」

「…………」

「浄化されず神に祟られた巫女は、そうやって月夜野家の多くの魂を喰らい、凄まじい悪鬼へと変貌《へんぼう》していきました。このままでは、本当に月夜野家の直系は絶えてしまいます。そこで、追い詰められた何代目かの当主は、とうとう究極の呪法に着手することを決めました。究極の呪法——即ち、代替わりの呪詛返しです。それが、三百年前のことでした」

「代替わりの……呪詛返し……」

耳慣れない言葉に戸惑っていたら、「今からご説明しましょう」と微笑まれる。

気のせいか、先刻から月夜野の瞳は一度も瞬きをしていなかった。もっと正確に言えば、炎の揺らぎを映した右目だけが、少しも動いていない。

「代替わりの呪法とは、数代に亘って受け継がれていく特殊な呪のことです。年月をかけて呪への念を強め、毒素を増やしていって最強の呪法へと完成させます。ちょうど十代で熟成すると言われており、私がその十代目に当たるのです」

「じゃあ、月夜野さんは……」

「はい。私が三十歳の誕生日を迎える時、呪法は完成します」

にこりと肯定し、月夜野は先を続けた。

「呪法を始めた結果、本家には生まれながらに二つの呪いを持つ男子が生まれるようになりました。一つは、巫女による『直系の男子は長子が三十歳で必ず死ぬ』というもの。そして、もう一つは父が子にかける『感覚のどこかを失う』というものです。これは、身体のどこかを贄《にえ》にすることによって、呪の効力を高めるためでした。ちなみに、私の父は痛覚がなかったという話です。母が私を身ごもっている間に病気で亡くなりましたが、痛覚のない父の身体は全身が傷だらけだったと言います」

「おまえの呪いは？」

すかさず、明良が無遠慮に問いかける。

「確か、自分の顔だけが認識できないって言ってたよな。でも、父親に比べたらずいぶん楽なもんじゃないか？　女だったら、化粧もあるし不便だっただろうけど」

「いえ、顔が認識できないというのは、あくまで贄の内の一つです」

「え……」

「お気づきかもしれませんが、私は生まれながら右の眼球がありません。これは義眼で、呪によって多少は本物らしく見せているだけです。母の腹にいる頃に、父がかけた呪いによるものだということです。それから、味覚もありません。右の足は薬指が欠けていますし、中学へ上がるまでは声を出すことができませんでした。他に諸々《もろもろ》合わせて、全部で六つの贄を捧げています。巫女の身体が、頭、手足、胴体で六つに裂かれているのと同じ数です」

月夜野は事も無げに言うが、あまりに凄絶《せいぜつ》な状況に清芽たちは言葉もなかった。むしろ、己の身に起きた事象を本でも読み上げる調子で語る彼に驚きを禁じ得ない。

これが……と、清芽は胸の中で呆然《ほうぜん》と呟いた。

空虚で残酷、何を言われようと感情は一定でほとんど乱れない。そんな人間離れした月夜野の正体が、これだったのだ。我が事として認めてしまったら、狂わずにいられるはずがない。

「わかったよ、代替わりの呪詛の内容が」

明良が、短く息を吐いて笑んだ。

「祟られて死んだ九人分の魂は、呪を受けた時点で穢《けが》れている。その穢れを浄化せず、死後に霊縛して積み重ねていくことで、怨念や恐怖、痛み、恨みといった念を増幅させたんだ。そうやって作られた毒を、月夜野の身体を器にすることで呪具へと変える。巫女の怨霊にも負けない、強い負の武器の誕生だ。それをどうやって使うか、その方法は俺も知らないけど」

「さすがは、若くして最強と呼び名の高い明良くんだ」

その通りです、と満足そうに言い、月夜野は清芽へ向き直った。

「私は人ではありません。呪詛返しの呪具なのです。この身は、月夜野の当主たちの犠牲の上で成り立っている。ですから、絶対に失敗は許されません。呪詛返しを成功させるためなら、私は何だってやります。どんな手段も厭《いと》いません」

「月夜野さん……」

「先ほど明良くんが言いましたが、私自身が呪具になる以上、使い手が必要です。具体的に言うと、呼び出した巫女の怨霊に私という毒を喰わせ、力の弱まったところで調伏する者です。その時、巫女に憑《と》り込まれた私を現世へ引き戻し、残った毒を浄化できる力も必要です。そうでないと、巫女と一緒に私も亡者の世界へ堕ちてしまう。それでは、何もなりません。月夜野家は、私の死と共に直系が絶えることになるでしょう」

「まさか……俺に協力してほしいって言うのは……」

「はい。清芽くんに、使い手になってもらいたいんです」

「む、無理ですよっ」

間髪容《い》れず、清芽は叫んだ。いくら『御影神社』の長男でも、自分には霊能力など備わっていない。調伏も浄化もできるわけがないし、そのための修行も積んでいないのだ。並の霊能力者でも難しいと思われるのに、素人が手を出せる領域ではなかった。

「そう言われるのは覚悟していました。でも、使い手として葉室家の長子が一番望ましいのです。それに、あなたには〝加護〟がある。調伏も浄化も、できないはずがありません」

「それは……」

「兄さんは、〝加護〟を使いこなせない」

怒りを含んだ声音が、明良の唇から鋭く発せられる。

「だから、協力するのは無理だ。諦《あきら》めろ、月夜野」

「申し訳ありませんが、それはできません。清芽くんが自分の意志で〝加護〟を使うことができなくても、そんなのは関係ないんです」

「何だと……」

「〝加護〟は、もともと彼を守護するための力です。清芽くんの身に危険が迫れば、嫌でも発動するはずです。違いますか？　それなら、彼には危険に瀕してもらえばいい」

その瞬間、閃光《せんこう》が空を裂き、月夜野の前髪が風圧で乱れた。

同時に燭台が砕け、蠟燭《ろうそく》がゴトリと床に落ちる。清芽は火の消えた一角を呆然と見つめていたが、傍《かたわ》らで人の立ち上がる気配にハッと顔を上げた。

「明良……」

「今すぐ出て行け」

取りつく島がないほど、明良の全身から怒りが迸《ほとばし》っている。彼が殺意をもって呪を発動させたのは明白だったが、清芽との約束があったのでギリギリで逸らしたのだろう。

「まだ話は途中ですが、良《い》いんでしょうか」

まったく意に介さず、月夜野は冷静に明良を見上げる。

そこに恐怖の色はなく、ただ命題によって生かされている空虚な瞳があるだけだった。

「恐らく、この先の内容は清芽くんの〝加護〟に大きく関わるものです。私たちしか知り得ない、〝加護〟に関する情報を知りたくはありませんか?」

「おまえたちしか……知り得ない……?」

「知りたいです」

明良が拒否するより一瞬早く、清芽が身を乗り出した。〝加護〟の正体を知ることは、今の自分には何よりも重要なのだ。その糸口が摑めるなら、相手が誰であろうとチャンスを逃したくはなかった。

「兄さん、本気かよ。こいつは、兄さんを盾にする気だぞっ！　自分の一族が助かるなら、兄さんを危険に晒《さら》してもいいって言ったんだっ！」

「そんなの、今更だよ」

「え……?」

「だって、月夜野さんは言っていたじゃないか。どんな手段も厭わないって」

「あのなぁ、他人事みたいに言っている場合かよ？」

信じられない、というように明良が噛《か》みついてくる。

確かに、平然として腹も立たない自分が清芽も不思議で仕方なかった。だが、もともと「おまえを盾にする気じゃないか」と凱斗には言われていたし、堂々とそれを公言する月夜野に毒気を抜かれたということもある。

月夜野の語った、呪詛に抗う一族の歴史。

先祖が巫女を嬲り殺しにしたことに端を発しているとはいえ、その子孫には何の咎《とが》もないはずだ。それなのに生まれながらにして幾つもの呪いを受け、人間らしい感情さえ喪《うしな》っている月夜野のことを、清芽はどうしても簡単に切り捨てられなかった。

「月夜野さん、聞かせてください。どうして〝加護〟についてあなたたちが情報を持っているんですか？　最初に訪ねて来た時、あなたは〝噂を耳にして〟と言いましたよね？」

「ちっ」

勝手に話を進める清芽に、明良は憤然と舌打ちをする。彼の不満と苛立ちは痛いほど伝わってきたが、どうしても訊《き》かずにはいられなかった。それに、返答次第では呪詛返しに協力するかどうか決められるかもしれない。さっきは無理だと思ったが、多少無茶な真似をすれば〝加護〟が発動する可能性はとても高いのだ。

「噂を聞いて〝加護〟の存在を知ったのは、本当です」

月夜野が厳《おごそ》かに答え、清芽と視線を交えてきた。

「ただ、〝加護〟が清芽くんを守るに至った事情は見当がつきました。何故なら、そのきっかけを生んだ理由こそが、私たちの代替わりの呪詛だったからです」

「どういうことですか……？」

「私が生まれて、数年後のことでした。月夜野家の存亡をかけた呪法が、巫女の知るところとなってしまったのです。怨霊に気づかれまいと長いこと秘密裡《り》に行ってきましたが、一族の一人が迂闊《うかつ》にも文字として残したのが原因でした。それまでは口伝《くでん》のみで、それも結界を張った場所でしか口に出せない禁制の教えであったのです。それが、たった一度の過ちで全てが台無しになってしまいました。呪法が完成しても、使い手がいなくては実行に移すのは難しい。その使い手に理想的だったのが、葉室家の人間でした」

「何故……」

「先ほど、八つ裂きにした巫女の身体を半分『御影神社』へ奉納したことはお話ししましたが、あれには実は続きがあります。巫女を哀れに思った宮司が、奉納の儀を行わずこっそり埋葬していたのです。一見、慈悲深い行為のようですが、これによって巫女は二度も神を騙《だま》したことになってしまいました。そのことから巫女の恨みは葉室家へも及び、神社に残っていたもう一人の巫女を祟り殺したと伝えられています」

どこまで……と、清芽は顔色を失う。

巫女の恨みは、一体どれほど深く激しいのだろう。

神社に残った方のことも気になっていたが、まさか殺されているとは思わなかった。

「呪具と化した私を使うには、同じ巫女から呪いを受けた葉室家の長子が一番適役です。呪いを受けるということは仕掛けた相手と因縁が生まれたことを意味しますから、縁もゆかりもない相手よりずっと波長が合いやすいのです。ですが、我々の計画を知った巫女は最も使い手にふさわしい——すなわち、葉室家の長子である清芽くん——を潰す手段に出ました。しかも、すぐには憑り殺さず、それよりももっと残酷で面白い方法を取ったのです」

「…………」

そういうことか、と全ての得心がいった。

明良も察したらしく、青ざめた様子で月夜野を凝視している。自分が悪霊の餌に生まれついたのは、誰かによる呪詛ではないか——その推論は正しかったのだ。

「く……そ、何だよ、それ……」

苦々しげに、明良が呻いた。

「じゃあ、おまえらのせいで兄さんは……」

「その点に関しては、申し訳なかったと思います」

意外にも、その声音には微《かす》かな悔恨が含まれていた。

「巫女は、清芽くんの魂に呪詛をかけました。悪霊にとって、最高の餌となるように。そんなあなたを守るため、〝加護〟があなたについたのだと思います。正直、〝加護〟がなければ今日まで生きながらえなかったでしょう。魂は食い散らかされ、とっくに死んでいたはずだ。でも、あなたは無事に生きている。悪鬼となった巫女に対抗しうる、限りなく強力な『何か』によって守られているからです」

「その『何か』って、何なんですか？　それが〝加護〟の正体なんですよね？」

「……そこまでは、わかりません。ただ、清芽くんに呪詛がかけられた事実は一族の者を絶望させました。私も例外ではありません。清芽くんは私が呪具になる前に死ぬだろうと思いましたし、仮に存命してもいらぬ悪霊まで呼ぶようでは話になりません。代わりの使い手として次男の明良くんのことも考えましたが、巫女が手を出さなかったことを考えると、恐らく明良くんではダメなのでしょう。ならば自分だけで調伏できないかと、マンションの一室を狩り場にして最強最悪の式神を育ててみましたが、これも無駄なあがきだった。私が餌を与えて憎悪と恨みで満たした化け物は、つい先日あっさり巫女の養分となりました。私を呪い、隙あらば地獄へ引きずり込もうと爪をかけている、亡者の群れだけが私に残されました。絶望しかけた私は、〝加護〟の噂にすがるしかなかった。そのため、あなた方には失礼な真似をしてしまいました」

巫女の養分。

その一言だけで、恐怖が心を支配する。

「清芽くん、私の話は以上です。あなたにとっては初めて聞く話ばかりでしょうが、私たち一族は呪法を完成させるために長い長い時間を費やしてきました。神に祟られた魂がどれほど凄まじい鬼と化すか、霊感を奪われたあなたには想像してくれとしか言えません。ですが、どうか私の願いを聞き入れてください。巫女の呪詛が結果的に〝加護〟を生んだのなら、その恩恵を月夜野家にも与《あずか》らせてほしい」

「一つ、訊きたいことがある」

憮然《ぶぜん》と、明良が口を挟んできた。

「おまえらは勝手に使い手を兄さんと決めていたようだけど、そんな危ない呪法に葉室家が協力しなきゃいけない義理はない。もし断ったら、どうするつもりだったんだよ」

「いえ、必ず引き受けていただきます」

「は？」

「私は、何だってやる、と言ったはずです。手段を厭わないと。別に、言葉のアヤで言ったわけではないんです。断るつもりなら、清芽さんが承諾せざるを得ないように追い込みます。大切な人を狩り場に引きずり込んでもいいし、呪殺すると脅しをかけたっていい」

「おまえ……」

「ただ、できればそんな乱暴な真似はしたくありません。ですから、まずはこうして正面からお願いにあがっているんです」

平然と怖ろしいことを口にする月夜野に、もう何も言うべき言葉が浮かばない。

唖然《あぜん》とする清芽たちをよそに、彼は罪悪感の欠片《かけら》もない顔で訴えた。

「もう時間がありません。清芽くん、一分一秒でも早く、あなたの返事を待っています」


神域を荒らしたことを、宮司に詫《わ》びてから帰ります。

そう言って月夜野が小部屋から出て行くなり、明良が疲れ切った溜め息を漏らした。

「どうすんの、兄さん」

「どうって……」

「まさか、あんなチャチな脅し、真に受けてないよな？　仮にあいつが本気だとしても、俺が必ず阻止するから気にしなくていいよ」

「明良……」

言外に「断れ」という強いプレッシャーを感じ、清芽は返答に困ってしまう。だが、何か言うより早く扉の向こうから「清芽くん」と声がかけられた。櫛笥の声だ。

「ごめん、入ってもいいかな」

「あ……えっと……」

「センセエ、入るかんな！」

躊躇している間に、割り込んできた煉がガラリと扉を開けた。どうやら、まだ怒っているようだ。怖い顔をして入ってきた彼の後に、続けとばかりに尊《たける》と櫛笥が姿を現す。お蔭で、狭い小部屋はたちまち人でいっぱいになった。

「勘弁しろよ……」

「あ、明良さん、呪を使ったんだ！」

ウンザリと嘆息する明良を尻目《しりめ》に、砕けた燭台に目を留めた煉と尊が興奮する。

「凄いなぁ、まだ気配が濃厚に残ってます。こんなに強く結界が張られた空間で、よくこれだけの〝気〟を操れますね。僕なら、結界に呪詛返しを喰らいそうです」

「ばっか、尊。この程度で感心してんなよ。明良さんなんだぞ！」

「あ、そうか」

意味不明の返しを受けたのに、尊は即座に納得した。そうして二人は先刻までの怒りはどこへやら、燭台の欠片や蠟燭を拾い上げては「すっげ！　粉々すっげ！」と騒いでいる。

「バカバカしい」

完全に気を殺《そ》がれた明良は、小さく毒づいて扉へ向かった。清芽は慌てて立ち上がり、引き止めようと右手を伸ばしかける。だが、指先が肩に触れるより早く明良が言った。

「俺を説得するつもりなら、そんなことしなくていいから」

「え……？」

「わかるよ。月夜野に協力する気なんだろ。でも、俺は兄さんを盾にしようなんて考える奴は許さない。悪いけど、何を言われようが変わらないよ」

「明良……」

取りつく島もなく宣言され、言葉を探している間に出て行かれてしまう。清芽は数秒迷ったが、腹を括《くく》って後を追うことにした。明良が力を貸してくれることを疑いはしないが、彼の気持ちを無視したまま先に進めたくはない。すぐ戻ります、と櫛笥へ言い残し、清芽は小部屋から外へ駆け出した。

「明良、おい待てよ！」

すでに本殿には見当たらず、境内《けいだい》へ飛び出したところで捕まえる。灯籠《とうろう》の灯りが柔らかく照らし出す薄闇の中、明良は不機嫌そうに足を止めた。

「しつこいよ、兄さん。俺がどんなに反対しようが、やるって決めたんだろ。だったら、好きにすればいいじゃないか。別に、だからって兄さんを見捨てたりしないし。ちゃんと、危なくなったら守ってあげるよ」

「明良……」

「もう行っていい？　俺も、少し頭を冷やすよ。どのみち協力しなきゃなんないなら、負の感情はできるだけ捨てないとならない。心に隙があれば、どんどん付け込まれる。だけど……」

苦々しい記憶に瞳を歪め、彼は自嘲《じちょう》気味に吐き捨てる。

「もう、祟り神の二の舞は犯したくないから」

「…………」

その一言に、清芽の胸が強く痛んだ。M県で入院していた時から今日まで、明良がそのことを口にしたのは一度だけだ。祟り神に憑依《ひょうい》されるきっかけは何だったと思う、と思わせぶりに尋ねてきて、答えを聞いた清芽をひどく狼狽《ろうばい》させた。

でも、今のは違う。

明良がどれほど誇りを傷つけられ、己の弱さに打ちのめされたのか、苦い声音と眼差しが雄弁に語っていた。不可抗力だったとはいえ、そんな傷を弟に与えたのは自分なのだ。

「……明良」

「だから、何だよ。話ならもういいって……」

「俺、おまえが必要だよ」

「え……」

「本当だ。明良がいたから、俺は平凡に生きてこられたんだ。葉室家の血、霊能力者として『御影神社』を背負う覚悟、悪霊から狙われる俺への気遣い――それらの業を、おまえは子どもの頃から全部背負ってくれた。俺が、普通に生きられるようにって」

改まって口にすることのなかった思いの数々が、堰《せき》を切ったように溢《あふ》れ出す。急にそんな話を始めたせいか、明良はひどく困惑気味にこちらを見返していた。

「俺が何も知らずに生きていけるよう、おまえはいつだって気を張っていてくれた。それなのに、俺は〝加護〟の存在を知って普通の生活を手放してしまったんだ。明良や父さんが十数年かけて築いてくれた安全な場所から、勝手に飛び出した」

「それは……」

「おまえが、ここ最近ずっと苛々しているのはわかっていたよ。最初は、凱斗のせいかと思っていた。おまえら、あんまり相性が良くないみたいだし。だけど、本当の理由は俺にあったんだな。俺は、自分が飛び込もうとしている世界の怖さを、まったくわかっていなかった」

「兄さん……」

くしゃ、と明良の瞳が歪んだ。不意に幼く見える弟の、張り詰めた思いが伝わってくる。清芽は彼に両手を伸ばし、ゆっくりとその頬を手のひらで包んだ。

「ごめんな、明良。俺は一人じゃ何もできないくせに、いつだっておまえの望まない方向へ走りだそうとする。そのことは、本当にごめん」

「…………」

「でも、俺はやらなくちゃいけないと思うんだ。〝加護〟のことも呪詛のことも、一度知ってしまったらもう知らなかった頃の気持ちには戻れない。だから、これからの俺を助けてくれないか。もちろん、図々しい願いなのはわかっているけど……でも」

間近で視線を合わせ、相手の瞳に映る自分から逃げずに清芽は言った。

「俺には、おまえが必要だよ」

兄弟だから、ということもあり、これまで照れ臭くて口にする機会なんてなかった一言だ。でも、しっかりしていそうでどこか危うい弟には、きちんと伝えておくべきだった。こんな場面でそれがわかるなんて、と清芽は己の甘さを自省しながら、複雑な表情で黙り込む相手へ微笑みかける。

やがて、ゆっくりと明良が息をついた。

頬を包む清芽の手を右手で摑み、そのまま優しく引き離す。痛いくらいきつく握り締め、こちらを見つめ返す眼差しには、真夏の闇より熱い温度が宿っていた。

「兄さんの言いたいことは、よくわかった」

「明良……」

「どんな選択をしてもいい。俺は兄さんを守るよ」

握る手が震えている。力強い瞳とは裏腹に、脆《もろ》く崩れそうな感情が指に込められている。

互いに気づかぬ振りをしながら、しばらく二人はそのまま佇んでいた。

「で、センセエはどうすんの?」

小部屋に清芽が戻るなり、真面目な顔つきに戻った煉が言う。

「俺たち、部屋の外で話を聞いてたんだよ。出てくる月夜野とも顔を合わせたしさ」

「あの人は怖いです。さすがに、気の毒だとは思ったけど……」

顔を曇らせて呟く尊は、きっと月夜野に纏わりつく悪霊たちの呻きまで聞こえたのだろう。不快な思いをさせてしまったと、清芽は申し訳ない気持ちになった。こういう展開を避けたくて彼らを遠ざけたのに、却《かえ》ってムキにさせてしまったようだ。

「そういえば、二荒《ふたら》くんと連絡取れた? 彼、今夜はM大で帰らないんだよね」

「そうです。ただ、場合が場合だし、〝加護〟と〝二人の巫女〟の因縁がはっきりしたと話をしたいんだけど連絡がつかなくて……」

櫛笥の質問に瞳を曇らせ、清芽は沈黙したままの自分の携帯電話を見つめた。

灯台下暗しと言うが、月夜野が語った内容に嘘がないのなら、わざわざ片道二時間もかけて出向く必要はなかったんじゃないだろうか。そんな風に思ったら、思わず溜め息が出てきた。今、誰よりも側にいてほしい相手なのに、どこで何をしているんだろう。

「俺、月夜野は嫌いだけどさぁ、センセエの気持ちはわかるよ」

「え?」

「月夜野の一族を祟っている巫女が、センセエに呪詛をかけたんだろ? でもさ、だったらセンセエが調伏できたら、呪詛も消えるかもしんないよ?」

「煉くん……」

「言うほど簡単じゃねぇだろうけど、やってみる価値はあるんじゃね?」

目から鱗《うろこ》の落ちる思いで、清芽は煉を見返した。巫女は実在していたんだ、という驚きが先に立って、そんなところまで少しも頭が回らなかったのだ。

しばし呆然としていると、櫛笥が穏やかな口調で会話に入ってきた。

「確かに、可能性としてはありだよね。だって、月夜野は一族にかけられた呪詛を解除するために、巫女を滅しようとしているんだろう? それなら清芽くんにも同じ理屈が通用するはずだ。君は、君にかけられた呪詛返しのために呪詛返しに臨む。どう?」

「ど、どうって言われても……」

「悪霊に付け狙われる一生なんて、やっぱり大変だと思うよ。正体がわからない以上、いつまで〝加護〟に頼れるかわからないって、以前にも言っていたじゃないか」

「…………」

どうして、と言葉が喉元まで出かかる。

彼らは、力を貸してくれる気なのだ。巫女の怨霊がどれほど厄介なのか、救う相手の月夜野がどれほど外道な人間か、それら全部を踏まえた上で何のためらいもなく答えを出している。

「何ができるかわからないけど、まさか僕たちにだけ遊んでいろとは言わないよね?」

最初は足並みなど揃える気もなく、己の霊能力を誇示することばかりに熱心だった。そんな面々が、幾つかの現場を一緒に乗り越えたことで確かな絆《きずな》を育《はぐく》みつつある。特にM県での仕事は、明良まで巻き込んで絶体絶命の局面を嫌と言うほど味わった。その経験は、互いを信頼する心を更に強くしてくれたようだ。

でも、だからこそ簡単に受け入れるわけにはいかない。

月夜野から詳しく話を聞いた今、心の底からそう思う。

「応援してくれるのは有難いけど……これは、俺の問題だから」

情に流されてはいけないと、頑なな態度を崩さずに清芽は言った。どんなに彼らが優秀な霊能力者でも、巻き込んだら無事で済ませられる保証はない。仕事ならまだしも、個人的な事情で甘えてしまうわけにはいかなかった。

「俺なら大丈夫。〝加護〟の力があるし、明良や凱斗もいる。心配いらないよ」

「何でその二人は良くて、俺らはダメなんだよ」

プライドの高い煉は、不本意極まりないと言わんばかりだ。

「センセエ、俺らのことバカにしてんの？　キャリアは、よっぽど上なんだよ？」

「そういうわけじゃ……」

「こんな言い方は良くないですけど、霊とコミュニケーションを取るなら僕の方が上手いと思

「櫛笥さん……」

います。それに、誰も霊視できなかった〝加護〟と、一度だけとはいえコンタクトが取れたのも僕だけです。清芽さん、そのこと忘れちゃったんですか？」

「いや、覚えてるけど……」

　無邪気な中学生からプロの顔になった二人に、左右から同時に責められる。まごまごする清芽を見て、櫛笥がくすくすと愉快そうに笑い出した。

「清芽くん、もう気を遣うのはやめたら？　僕たちは、何も情だけで言っているわけじゃないんだよ。代替わりの呪法ってね、完成させるのが凄く難しいんだ。何しろ百年単位だし、滅多にお目にかかれない。同業者としては、ぜひ見ておきたいんだよ」

「でも……神に祟られて悪鬼になった巫女なんですよ……？」

「センセエ、怖いの？」

「そっ、そうじゃないよっ」

　真正面から煉に切り込まれ、真っ赤になって首を振る。怖いのは図星だったが、躊躇しているのはそれが理由ではない。なぁんだ、と彼は陽気に笑い飛ばし、傍らの尊と「じゃあ、問題ないじゃん」と顔を見合わせた。

「この前も言ったけど、俺たち、普通の夏休みって過ごしたことがないんだよな」

「そうなんです。学校も出席日数ギリギリだし、僕は煉がいるから淋しくないけど、やっぱり他の子みたいな生活に憧《あこが》れてないかって言ったら嘘になります」

だからさ、と二人は屈託なく声を揃えて言った。

「ここでお世話になって、ただの中学生みたいに毎日遊んで、本当に楽しかったんだ。最初はノリで無理やり押しかけちゃったけど、宮司さんもお母さんも凄く良くしてくれた。ちょっとだけ、その恩返しがしたいんだよ。俺たちで役に立てるなら、何だって協力するからさ」

「…………」

「それに、俺たちセンセエのこと好きだもん」

どうしよう、子どもの前なのに泣いてしまいそうだ。

喉元までこみ上げる熱い固まりを、清芽は一生懸命飲み込もうとした。けれど、目の端に滲んだ涙だけはごまかせず、慌てて顔を逸らして彼らから隠す。煉なら早速冷やかしてきそうなものだったが、少しは大人になったのか見て見ぬ振りを通してくれた。

「俺、できることなら……皆を巻き添えにはしたくないんだ」

彼らから視線を外したまま、清芽は隠していた思いを吐露する。

「これは『協会』の仕事じゃないし、完全に俺だけの問題だ。それなのに、皆を危ない目に遭わせてしまうのは嫌だったんだ。忙しい櫛笥さんがせっかく取ったオフだし、煉くんと尊くんには、もう少し夏休みを満喫してほしかった」

「センセエ……」

「煉くん……尊くん……」

「清芽さん……」

「でも、俺一人じゃ無理なんだよな。どれだけ頑張っても、絶対に。そのことも、わかってはいたんだ。だから、月夜野さんにもなかなか答えが出せなかった」

「…………」

きっと、彼らにはお見通しだったに違いない。そう思うと、今更な告白がとても気恥ずかしかった。けれど、誰も冷やかさなかったし、呆れたりもしなかった。

「巻き添え、なんて思ってるの、清芽くんだけだよ」

櫛笥が、苦笑を含んだ声で言う。

「君だって、僕たちの誰かが同じ立場になったら動くんじゃない？　〝加護〟には関係なく、誰かを庇っていつも飛び出そうとしてるじゃない」

「そうそ。そんで、二荒さんに怒られてるよな」

「でも、清芽さんの〝加護〟が発動するところは、何回見ても鳥肌ものです。巫女の調伏だって浄化だって不可能じゃないと思う。そのお手伝いができるなら、嬉《うれ》しいです」

だからさ、と煉が大雑把にまとめた。

「俺たちにも目的があって、そのために協力するって言ってんだからそれでいいじゃん」

自分たちは除霊のプロであり、多くのシビアな案件をこなしてきた経験値も高い。その場の勢いや情に安易に流されているわけではないのだと、その顔が誇らしげに言っていた。

清芽は、長く長く息を吐く。

意地や戸惑いを押し流し、踏み出すために勇気を振り絞る。

「――ありがとう」

皆に笑顔を向けながら、絶対に呪詛返しを成功させなくては、と強く誓った。


虫の音をかき分けるように進み、明良は庭の中央で足を止める。気持ちを落ち着かせようと仰ぎ見た夜空は、眩しいくらいに星が瞬いていた。

「……人の気も知らないで」

口の中で呟くと、無性に腹立たしい気持ちになる。

幼い頃、自分の世界は怖いモノで溢れていた。

成長して霊能力をコントロールできるようになり、兄の〝加護〟がなくても怖いモノを追い払う術《すべ》も身に付けたが、それでもやっぱり彼には逆らえない。どれほど月夜野の非道を説いたところで、清芽の心は揺らがなかった。もし、凱斗が自分と同じことを言ったら反応が違っていたのだろうか。

「くそ……ッ」

兄にとって、自分の影響力など微々たるものだ。そう考えると、明良は理不尽な怒りにかられる。それを真っ正直に表へ出さないのは、嫌われたくないからだ。そう思うことで折り合いをつけていたのに、追いかけてきた兄の一言でまた気持ちをひっくり返された。

「何なんだよ、本当に。卑怯《ひきょう》だろ」

清芽が計算したとは思わないが、あんな風に言われたら「わかった」としか言えなくなる。そのことも腹立たしかった。何より、許してしまう自分に一番腹が立つ。

「あんな、わかったようなこと……」

噛み締めるように清芽の言葉を思い出し、明良は溜め息をついた。

巫女の怨霊調伏は、成功すれば清芽にとって大きなメリットがある。月夜野の話を聞いて、明良は真っ先にその可能性に気づいていた。けれど、もし伝えれば清芽の背中を押すことになる。自分が兄を危険な場へ送り出すことに抵抗があったし、どうせ何を言ったところで彼の性格から引き受けてしまうだろう。だから、あえて口には出さなかったのだ。

だけど、と自身に問う。

黙っていた理由は、本当にそれだけだろうか。

「……明良」

不意に、声をかけられてドキリとした。決まりの悪い思いで振り返ると、神主の常装から浴《ゆか》衣《た》に着替えた真木《まなき》が近づいてくる。彼も月夜野の張った結界によって、買い物に出ていた母親ともども神社の敷地に立ち入ることができなかったのだ。

「父さん……」

「今日は、ご苦労だったな。おまえがいたお蔭で、清芽も無傷で済んだ」

目の前に立ち、労《いた》わるように真木が笑む。澄んだ水面のような穏やかさに包まれ、ようやく張り詰めていた気持ちがぱらぱらと解れていった。

「父さん、月夜野と話しましたか?」

「ああ、彼が帰る前に少しな。神域を荒らした非礼を詫びていった。しかし、おまえの禁足の呪を破ったことといい、今日の不可解な結界といい、彼は変わった術を使うな。どこにも所属せず除霊をして稼いでいるらしいが、きちんと修行し直せば良い霊能力者になるだろうに」

「おまえは毒だ、呪具になるために生まれたんだ、なんて言われ続けたら、まともに生きていこうとは思わなくなるかもしれません」

怒りを感じていたはずなのに、どこか同情めいた響きになってしまう。月夜野には近づくなと清芽に詰め寄った時「わかるんだ」などと口走ってしまったが、明良は本音ではそれを認めたくなかった。あんな壊れた男と、少しでも重なる部分なんて見たくはない。

『私は、何だってする。どんな手段も厭いません』

一族存亡の命題の前に、月夜野の倫理観や良心は意味を為《な》さなかった。それによって清芽が巻き込まれると思うと強い怒りを感じたが、彼と自分にどれほどの違いがあるだろう。清芽に傷一つつけるな、と月夜野へ警告した際、自分の中にあったのは紛れもない殺意だ。

「どうした？　少し疲れているようだな？」

「え、いえ、ちょっと……」

「…………」

「気になることがあって」

何でもない、と言ったところで、真木に嘘は通じない。明良はごまかすのを止め、ちょうど懸念していた問題を彼へ訊いてみることにした。

「月夜野家と葉室家の関わり、父さんは聞いたことなかったんですよね？　知っていたら、彼の名前を聞いた時、もっと反応が違っていたと思うんですが」

巫女の存在を言霊《ことだま》に乗せないよう、注意深く話を向ける。

「でも、悪霊の餌になるよう兄さんに呪詛をかけたり、月夜野の代替わりの呪法を完成させるのに葉室家の協力が必要だったりと、その縁は決して薄くはありません。それなのに、まったく何も残っていないなんて不自然です。棒線で消された存在のように、やっぱり葉室家にとっては禁じられた名前だったんでしょうか。確かに、両家の付き合いは絶たれていた。月夜野も、そう言っていました。同じように祟られた家だし、縁が深まれば悪い影響が出るかもしれないから、その理屈はわかります。でも、少なくとも向こうにはうちの名前が記憶されている。この温度差に、作為を感じるんです」

「父さん、もしかしたら『彼女』の呪いは兄さんの魂だけじゃないかもしれない。俺たちがまだ気づいていない、何かが進行しているのかもしれません」

「作為……か」

「…………」

真木はしばし沈黙した後、困惑気味に眉根を寄せた。彼がこんな表情を息子に見せるのは、とても珍しいことだ。自分の推測が正しいか間違っているか、それさえ読み取れない。ただ、月夜野の告白に関してはすでに内容を把握しているように思えた。

「私に言えるのは、経過はどうであれ、もう始まってしまった、ということだ」

「始まってしまった……？」

「そうだ。清芽は、恐らく決心を固めただろう。ならば呪詛返しが成功するように、できる限りのサポートをするしかない。それには明良、おまえの力が不可欠だ」

「父さん……」

そんなこと、言われるまでもない。現に、たった今清芽本人からも頼まれたばかりだ。

兄のために霊能力を使うのは、明良にとって存在意義そのものだった。それは、真木も重々わかっているはずだ。どれほど人並み外れた力を持っていても、兄の存在が自分を人間でいさせてくれる。彼を守るために授かったんだと、胸を張ることができるのだ。

だが、もし清芽が普通の人間に戻ったら？

巫女の呪詛から解放され、悪霊に狙われることがなくなったら、彼の側にいるのは凱斗一人で充分だ。そういう未来が、この先の自分に待っているとしたら。

(それでも……俺は、そんな未来を選べるのか。たった一人で化け物じみた力を抱えて)

怖かった。清芽を失うことが、こんなにも心を凍らせるという事実が。

開けてはいけない扉をこじ開けようとする、運命の嘲笑が。

「――明良」

鋭い声音に、ハッと我を取り戻した。いつの間にか、自分の考えに没頭していたらしい。気がつけば、すぐ間近から窺《うかが》うように真木の眼差しがあった。

「と……うさん……?」

「明日からしばらく、月夜野くんは私が預かろう」

「え?」

「差し出がましいようだが、呪具として完成させるには、その毒が彼自身を滅ぼしてしまわないように留意する必要がある。誕生日まで、護符を使って彼の精神に結界を施す。呪詛返しの前に死んだのでは、本末転倒だ。そう諭したら、彼もすぐに納得したよ。導くべき人間が近くにいなかったのは不幸だが、長子が亡くなる呪い故、それもやむを得ないことだ」

「そう……ですか……」

複雑な気分で、明良は頷いた。

月夜野は一族の悲願を背負いながら、誰にも頼れずに一人で生きてきたのだ。そんな風に無理に無理を重ねた歪みが、あの男を外道な振る舞いに駆り立てたのかもしれない。

ああ……と、力の抜ける思いで明良は思った。

彼は、清芽を失くした後の自分だ。

「父さん、俺……」

「明良、おまえには人を呪具に見立てた呪詛返しの呪法を指南する」

「え、俺にですか？　兄さんじゃなく？」

「実際に臨むのは清芽だが、あれは素人だ。おまえに心得があるに越したことはない」

「…………」

まるで、余計なことは考えるな、と言われているようだった。目の前にやるべきことをはっきりと示され、明良は知らず安堵の息を漏らす。そうだ、先のことよりも今は呪詛返しを成功させるのが先決だ。生き延びなくては、未来を変えることもできない。

「わかりました」

目を見て返事をすると、真木がおもむろに右手を伸ばしてきた。明良の肩を力強く摑み、こちらが戸惑うのも無視して真っ直ぐに見据《みす》えてくる。

「あの……」

改まって何だろう、と落ち着かない気分になった。

父の指が熱い、と感じるのは久しぶりだ。

「明良、おまえと清芽は対の存在だ」

「え……」

突然何を、と困惑したが、構わず真木は先を続けた。

「おまえたちが兄弟として生まれ、特別な力を授かったことには意味がある。それは、互いを生かし合うための存在だ、ということだ。決して喰い合ってはならない。明良、おまえはそのことをよく覚えておきなさい。己の行いが、そのまま兄へ影響するのだと」

「………」

「おまえが闇に近づけば、清芽を引き摺ることになる。それが本当に自分の望んでいることなのか、自分を見失いそうになった時は必ず思い出しなさい」

「父さん……」

「月夜野くんと、おまえは違う」

その瞬間、胸に渦巻いていた不安が光にかき消されるのを感じた。暗闇で迷いかけた手を、こちらへと強く引っ張られたようだ。

眩しい、と明良は目を細めた。降るような星空が、頭上で瞬いていた。

「おまえも清芽も、私や母さんにとって大事な息子たちだ」

「……はい」

「くれぐれも、気をつけなさい」

真剣な眼差しに捕らえられ、ぐっと返事に詰まってしまった。宮司ではなく、父親としての言葉を聞いて、明良はたちまち子どもに引き戻される。

世界は、いつだって怖いモノで溢れていた。

でも、そこから自分を救ってくれたのは兄だけではない。

生かし合うために生まれた、という言葉を、明良は大切に胸へ刻みつけた。

6

翌日になっても、凱斗《かいと》は戻ってこなかった。

相変わらず携帯電話は繋《つな》がらないし、もちろんメールの返信もない。あまりに清芽《せいが》が心配するので明良《あきら》がM大へ問い合わせたが、夏休み中ということもあってスケジュールはわからないと言われてしまった。だが、少なくとも大学には来ていないようだ。

「どうなってるんだよ、一体。これも、月夜野《つきよの》さんが関係しているのか？」

「いや、それはないと思うな。同時に二ヶ所で呪を放つなんて、かなりの手練《てだ》れでも難しいんだ。呪詛《じゅそ》返しの前に、これ以上余計なことはしないんじゃない？」

落ち着きなく居間をウロウロする清芽へ、明良は極めて冷静な意見を返した。

「ただし、凱斗が調べにいった内容によっては、何かに妨害されている可能性はあるかもな。言の葉にさえ、反応してくるような怨霊なんだし」

「…………」

「まぁ、それなりの心構えはしているはずだから、後は運を天に任せるしかないね」

「そんな……」

悪戯《いたずら》に不安を煽《あお》られて、いてもたってもいられなくなる。今からM大まで訪ねて行こうか、と思ったが二時間もかかる道程で行き違ってしまったら最悪だ。けれど、おとなしく家で帰りを待っているのは辛《つら》すぎた。

「ああもう、仕方がないな」

面倒そうに息を吐き出すと、明良は軽く目を閉じた。え、と面食らい、何を始めたんだろうとまじまじと見つめる。十秒ほどそうした後、彼はおもむろに目を開いて言った。

「——大丈夫。生きてるよ」

「生きてる……」

「何だよ、それを心配していたんじゃないの？　凱斗なら悪霊に憑《と》り込まれてもいないし、もうすぐ帰ってくるんじゃないかな。だから、心配しないで待っていればいいよ」

「わ……かるのか？」

「うん」

免疫はついているはずなのに、明良の不可思議な言動には毎度驚かされる。死者だけでなく生者まで許容範囲だなんて、オールマイティにも程があった。あんまり素直な反応をしたせいか、彼はくすくすと愉快そうに笑い出す。

「死んだ奴にはコンタクトが取れるけど、凱斗は呼び出そうとしても反応なかったから」

「そ……」

「だから、生きてる。単純な理屈」

「そ……っか……」

ほうっと安堵《あんど》の息を吐き、よほど思い詰めた顔をしていたんだな、と恥ずかしくなった。明良は追い打ちをかけるように、そんな清芽を意地悪くねめつける。

「俺を信用できないなら、尊《たける》にも訊《き》けば。あの子、優秀な霊媒師なんだろ」

「いや、明良の霊視なら間違いないよ、ありがとう。お蔭で安心した。尊くんたちも心配してくれていたから、きっとホッとすると思う」

「そういや、あいつら朝からどこ行ったの。櫛笥《くしげ》まで見かけないけど」

「え……？」

「櫛笥と煉《れん》と尊。緊張感ゼロトリオ」

ちらりと周囲へ視線を巡らせ、ごく普通に明良は答えた。しかし、それだけでも大した進歩だと清芽は内心感激する。修行で面倒をみていた櫛笥はともかく、露骨に邪険にしていた煉たちの行動を気に留めるなんて、今までからは考えられなかった。

（地元では人望の篤い優等生で通ってるけど、俺たちの前じゃ思いっきり地だもんなぁ。煉くんたちが憧《あこが》れの眼差しで見つめたってガン無視だったのに、ちゃんと名前も覚えたのか）

成長したなぁ、としみじみしていたら「……気味が悪いんだけど」とドン引きされる。無自覚らしいところが可愛《かわい》いじゃないか、と清芽はちょっと嬉《うれ》しかった。

「でも、確かに姿が見えないよな。もうじき月夜野さんが返事を聞きにくるし、できたら皆で話をしたいところだったのに」

「そんなの、やめときなよ。皆で仲良く戦いましょうって、そういうノリが通じる相手じゃないんだから。そもそも、霊能力者が雁首揃《がんくびそろ》えて何するのさ。呪具の月夜野と使い手の兄さん、サポートには俺がいれば充分だろ。攻撃型の呪が得意なのは煉くらいだし」

「いいんだよ、気持ちの問題なんだから」

士気に水を差す明良の意見に、ムッとして言い返す。

修行を積んでいない素人《しろうと》な自分が、本当に呪詛返しなんて高等な呪法をこなせるのか。そんな不安でいっぱいの清芽には、仲間がいるというだけで十二分に勇気づけられるのだ。

だが、それなら尚更つまらない兄弟喧嘩《げんか》をしている場合ではない。

清芽は気を取り直し、「なぁ、明良」と口を開いた。

「俺、月夜野さんには、ちゃんと考えてもらいたいんだ」

「何を?」

「……偉そうに言える立場じゃないけど、彼がしたことは許せるものじゃないだろ。もし、呪詛返しが成功して無事に三十歳の誕生日を越えることができたら、自分の犯した罪と向き合ってほしいんだよ。警察へ行ってどうこうってことじゃなく、このまま何も感じないんじゃ犠牲になった人があんまり気の毒だ」

「兄さん……」

「悪霊の餌《えさ》にされた人たち、他人事《ひとごと》には思えないんだ。俺だって、現在進行形でその危険に晒《さら》されている。霊感がないから呑気《のんき》にしていられるけど、月夜野さんの行為を知った以上、そこだけは見過ごせないんだ。だって、ただの死じゃないんだろ。悪霊に喰われたら、本体が浄化されるまで延々と苦しみ続けるって言ってたじゃないか」

「その本体も、呪詛返しの相手には敵わず養分にされたって言ってたよな。てことは、彼女を調伏《ちょうぶく》すれば憑り込まれている霊体も浄化されると思うよ」

「本当に？」

うん、と頷《うなず》く明良に心の底から安心する。

「良かった。それなら……」

「ますます頑張らないとな？」

「え……」

唐突に割り込んできた声に、ハッとして振り返った。居間の出入り口に、無事を案じていた凱斗が立っている。疲労は顔に色濃く滲《にじ》んでいたが、五体満足で帰ってきたようだ。

「凱斗……！」

次の瞬間、清芽は弾かれたように駆け出した。

　受け止める凱斗は強い力で、飛び込む身体を抱き締めてくる。いつもは余裕をたたえた笑みで迎えるのが常なのに、今日は一体どうしたのだろう。思いがけず熱烈な抱擁《ほうよう》を返され、腕の中の清芽は少し戸惑った。

「か……凱斗？」

「悪い。ちょっとだけ、甘やかしてくれ」

「う……うん……」

　吐息混じりの懇願は、深い安堵に包まれている。何があったのかわからないが、かなり消耗しているのは確かだった。明良の手前もあって躊躇《ちゅうちょ》したが、やがて清芽はおずおずと自ら進んで抱き締め返す。少しでも凱斗の癒《いや》しになるなら、と願わずにはいられなかった。

「あのさぁ、ここ実家なんだけど。凱斗も兄さんも何を考えて……」

　目の前で恋人同士の熱い場面を見せつけられ、明良が憮然《ぶぜん》と文句をつける。帰ってくるなり秒速で兄を攫《さら》っていくなんて、と、凱斗に向ける視線は甚《はなは》だ剣呑《けんのん》なものだった。

「まぁまぁ、大目に見てあげてください。何しろ、とんでもない夜だったんですから」

「誰？」

　遅れて入ってきた小柄な白衣姿の男性に、明良は胡散臭《うさんくさ》げな顔をする。だが、相手は少しも意に介することなく、人懐こい笑顔で陽気に近づいてきた。

「実際、二荒《ふたら》くんがいなかったら私なんぞ憑り殺されていましたよ。いやはや大迫力でした」

「……………」

「ああ、これは失礼。M大の佐原《さはら》です。君は、もしかしたら葉室《はむろ》明良くん？」

白衣の袖《そで》から親しげに右手を差し出され、戸惑いながら握手を交わす。

佐原義一《よしかず》――『御影《みかげ》神社』の古神宝研究については何度も名前を耳にし、彼が作成した資料を読み込んだりもしてきたが、本人と顔を合わせるのは明良も今が初めてだった。

「ふぅん、明良くんは男前だなぁ。君、モテるだろう？」

「は？」

「二荒くんといい、先ほどお会いした月夜野くんといい、霊能力者には美形が多いのかな。少し興味深い、というか羨《うらや》ましい事象だ。この世ならざる世界に触れる者は、その身も化生《けしょう》に近づいていくものなのか。うん、研究の余地ありかもしれない」

「月夜野？　あいつ、ここに来てるんですか？」

「境内《けいだい》で、ちびっ子たちと一緒にいるよ。ああ、あと眼鏡のきらきらした男性も」

「……………」

ちびっ子って……と、明良は絶句した。自分も口が悪いが、この男も大概だ。煉が聞いたら憤死しそうだな、と思ったが、佐原はすでに霊能力者と容姿の関係について勝手にブツブツ呟《つぶや》き始めている。民俗学の分野では名の知られた人物だが、学問を究める者とはこんな感じなのだろうか。丸い眼鏡の奥で輝く知識と好奇心を詰め込んだ瞳を、異邦人でも見るような気持ちで明良は眺めていた。

「しかし、昨夜はまいったよ。大興奮な一日だった。初めて幽霊も見たしね！」

「昨夜、そちらで何があったんですか？」

客人の手前、あからさまに清芽たちを邪魔するわけにもいかず、明良は仕方なく話に付き合う。そんな内面の苛立《いらだ》ちを見抜いたように、佐原はニカッと食えない笑みを浮かべた。苦手なタイプだ、と瞬時に判断し、早く居間を出ていきたいと思ったが、自分から質問しておいてそれはできなかった。

「うん、あったんだよ。追って、いろいろお話ししよう。昨日、研究室で二荒くんには説明したが、『御影神社』建立《こんりゅう》に際しての彼女たちの話、以前にお借りした古神宝にヒントが隠されていたんだ。でも、私たちが帰ろうとしたら化け物が現れて……」

「化け物？　あの女の？」

「いやいや、首を吊って死んだ女の霊だ。二荒くんに言わせると、彼女を憑り込んでいるモノがジッと見ていたそうだが、首吊り女の方を祓《はら》ったらすぐに消えたとか」

「消えたのは、恐らく俺が土蔵で視《み》た奴だと思う」

ようやく清芽を自由にした凱斗が、悪びれもせずに口を挟《はさ》んでくる。

「ああ、じゃあ月夜野が連れてきたのが、そっちまで行ったんだ」

無視するのも大人げないので、澄まし顔で明良が答えた。

「あいつと関わるようになったら、まるで感染したみたいにこっちにも影響が出始めたな。まさか、M大まで追っかけるなんてね。それにしても、やっぱり月夜野は異常だよ。あんな状態で、よく頭がおかしくならないって感心する」

「そんな言い方するなよ、明良」

清芽が、眉間《みけん》に皺《しわ》を寄せて注意する。はいはい、と流したが、彼は知らないのだ。怯《おび》えさせるだけなので言わなかったが、兄はともかく凱斗の方ははたして視えていただろうか。ちら、と目線を流してみると、肯定するように凱斗が微《かす》かに唇の端を上げた。やっぱり、彼にもわかっていたらしい。

月夜野の背中に、女の頭と右手、右足がべったり張り付いていたことに。

（ただでさえ、無数の霊体に憑《つ》かれてんのにさ。親玉まで背負ってるんだもんな）

女とは、目を合わせるとまずいのでよく観察はしていない。多分、凱斗もそうだろう。霊感があれば誰でも視える、というわけではなく、悪霊自体のパワーが強すぎるので防衛本能で無意識に閉じてしまう者も多いはずだ。

例えば、櫛笥や煉は気づいていないが、霊視に長《た》けている尊にはきっと視えている。ただ、彼らが何も言わないところを見ると、尊もやはり口にしなかったのだ。

（ま、それが賢明だよな。〝いない者〟にしておかなきゃ、何のために言の葉まで封じてるかわからない。とにかく、存在を認めちゃダメなんだ。視えていても、聴こえていても）

結界の小部屋ではさすがに離れたようだが、永遠にそこで暮らすわけにもいくまい。第一、あの巫女《みこ》の力を考えればいつかは結界を破るだろう。何が彼女をそこまでの鬼にしたのか、霊に同調し即座に読み取れる明良にも、憎悪の襞《ひだ》があまりに厚くて辿《たど》りつけなかった。

「あの女の影響は、月夜野と関係が濃くなるほど強くなる。それは事実だろ？」

「そうだけど……」

「とにかく！　筆舌に尽くし難い恐怖だったんだよ！」

空気を変えようとしたのか、再び佐原が声高に話し出す。

「二荒くんは、あんな化け物を相手によく頑張ってくれたと思う。何しろ、私という足手まといがいながら果敢に戦ってくれたからね。私が女なら完璧に惚《ほ》れていたな！　年が上すぎるけど、そんなのは関係ない。うちの助手たちにも見せてやりたかったよ」

「………」

「おや、いけない。境内に戻らなくては。まだ宮司《ぐうじ》にご挨拶《あいさつ》していないんだよ。明良くんはどうする？　一緒に行くかい？」

一人で嬉々《きき》として語った後、急に真顔になって問いかけられた。境内には月夜野の他『緊張感ゼロトリオ』がいると聞き、明良は想像しただけでウンザリする。佐原が見つけたという〝二人の巫女〟のヒントにしても、すでに月夜野の口から語られていたので興味はなかった。

「いえ、俺は遠慮しておきます。父と話したいこともあるので」

「葉室宮司なら、お留守だったようだよ。先にご挨拶を、と思ったがいらっしゃらなかった」

「じゃあ、出かけている間に掃除しなきゃ」

何にせよ、これ以上凱斗や清芽と同じ空間にいるのは気詰まりだ。あからさまに避けられても一向に気に留めない佐原が、「じゃあ、また後で」と先に出て行った。自分も、と出入り口へ向かう明良に、凱斗がすれ違い様に低く呟く。

「……後で話がある」

「え？」

何のことだ、と振り返ったが、もう彼は背中を向けていた。どうやら、清芽には聞かれたくないらしい。一方的な態度にカチンときたが、ムキになって拒むのも子どもっぽい。明良は憮然としながら、居間を後にした。


無傷だ、と思ったのは間違いだったようで、凱斗の右の手のひらは火傷《やけど》で赤く腫《は》れ上がっていた。二人きりになって気づいた清芽は、慌てて救急箱を持ってくる。こういう時は母親の方が頼りになるのだが、彼女は所用で出かけていて留守だった。

「治療するから、とりあえずソファに……」

座って、と言う前に、凱斗が唇を近づけてくる。どうしよう、と一瞬思ったが、清芽はおずおずと口づけを受け入れた。交わる熱が彼の無事を実感させ、同時に失いたくない、と強く思う。情熱に急き立てられるように、清芽は夢中で愛する人の唇を貪った。

ひとしきりキスをくり返した後、ようやく並んでソファに腰を下ろす。だが、改めて治療を、と思ったら、凱斗が肩に頭を乗せてきた。

「わ、わわっ」

戸惑う清芽をよそに、彼はそのまま目を閉じる。その姿は息遣いすら密やかで、傷を癒すための眠りへ就こうとしているように見えた。

「凱斗、治療は……」

「……悪かったな」

不安な心を見透かすように、ボソッとちいさく呟かれた。寝ていたんじゃないのか、とドギマギしていると、ゆっくりと瞼《まぶた》が開かれる。こちらを見上げる優しい瞳とぶつかり、ようやく清芽の胸は安堵に包まれた。

「何の連絡もないし、心配したんだよ……」

「ああ、携帯の方はぶっ壊れたんだ。不便で適《かな》わない」

「えっ！」

「もともと、霊障の場だと電子機器は影響を受けやすい。特に、昨晩は霊体のパワーが異様に

強かったからな。普段は護符で遮断《しゃだん》しているんだが、生憎《あいにく》と使い切っていたから」

「それって、火傷と関係ある？」

おそるおそる尋ねたが、微笑でごまかされてしまう。凱斗は慎重な性格なので、うっかり尽きたということは考え難かった。要するに、大量の護符を消費してもおっつかない事態だったのだろう。どれだけ強大な怨霊なのかと、改めて清芽は怖ろしくなる。〝加護〟があるとはいえ、本当に使い手が自分なんかで大丈夫だろうか。

「そんな顔をするな」

そっと左手が頬《ほお》に添えられ、あっと思う間もなく唇を塞《ふさ》がれた。凍りつくような恐怖も底の無い不安も、全てが恋人のキスで蕩《とろ》けていく。束の間の安らぎにすぎないとわかっていても、だからこそこの瞬間が愛おしかった。

「凱斗……」

混じり合う溜《た》め息《いき》に、切ない響きが色をつける。

叶うなら、ずっと触れ合っていたかった。互いのことだけを考え、その鼓動だけを聞いていたい。決して口にはできない願いが、清芽の睫毛《まつげ》を艶《なま》めかしく震わせた。

「愛してる、清芽」

滅多に告げられることのない言葉が、真摯《しんし》な音色で耳へ流れ込んでくる。

幾度目かの口づけを受けながら、清芽は「……俺も」と囁《ささや》き返した。

「大変……だったんだね……」

「まぁ、それなりには。首吊りの女はよくある悪霊だが、支配している女の方は負の念が強すぎる。およそ考え得る限りの霊と対峙《たいじ》してきたつもりだったが、あれは異質だ。呪詛を吐くことで存在している妖怪だな」

「その首吊り女、きっと月夜野さんが悪霊の餌にした人だ」

「え……？」

「言ってたんだよ。自分で悪霊を育ててるって。彼の狩り場で、たくさんの人が餌になってるんだ。でも、結局は彼女に敵《かな》わなかったって。養分にされたって言ってた」

「そういうことか……」

　凱斗は得心のいった様子で嘆息し、あそこで彼女にまで襲われていたら危なかった、と呟いた。凱斗がそんな言い方をするなんて初めてで、清芽は改めて無事を嚙《か》み締める。

　生きて帰ってきてくれて、本当に良かった。

　思いが溢《あふ》れ出し、強く彼に抱き付いた。二度と会えなくなっていたら、巫女への怨みで自分の方が悪鬼になっていたかもしれない。人を鬼にするなんて、それほどに単純なことなのだ。

　大事なものを奪われ、理不尽な絶望に叩《たた》き落とされる。

　憎悪の沼で育《はぐく》まれるものは、呪《のろ》いと腐臭に満ちた思念の塊だ。そこに異形の器が用意された時、人は悪霊にも悪鬼にもなる。

「月夜野の呪詛に関する話は、さっき境内で煉たちから聞いたよ。〝加護〟の力が知りたくて、昨晩おまえに悪霊をけしかけたって話もな」

清芽を腕の中に抱きながら、凱斗は不快げに眉《まゆ》を顰《しか》めた。

「今回ばかりは、明良がおまえの側にいて良かった。月夜野は、得体の知れない男だ。自分が納得するまで、どんどんエスカレートしていたはずだ」

「エスカレートって……何かの耐久テストじゃあるまいし」

「あいつには、そういう感覚なんだと思う。人には血肉があり、痛がったり苦しんだりする、ということが理解できないんだ。そうでなくて、狩り場なんて真似《まね》ができるか。月夜野にとって一族の者以外は、同じ人間ですらないんだ」

怒りを含んだ口調は、無慈悲な所業への嫌悪が強いせいだろう。まして、清芽を危険に晒したのだから無理もなかった。

「しかし、あの明良がよく堪《こら》えたな。おまえを襲った後、月夜野が姿を現した時点で理性を飛ばしかねない状況なのに。一体、弟に何を言った？」

「え……と……」

明良のストッパーが自分だと、どうしてすぐわかったのだろう。

何となく決まりが悪くなり、清芽はぼそぼそと答えた。

「確かに、明良は怒り狂ったよ。月夜野さんを、呪殺しかねない勢いだった。だから、〝そんなことしたら、一生許さない〃って……」

「一生……」

「そしたら、〃わかったよ〃って引き下がった」

「……なるほど」

その一言で、全てを納得してしまったようだ。

凱斗は意味ありげに笑むと、起き上がって治療のために手のひらを差し出した。


「二荒くんと彼の恋人は、待っても来そうにないなぁ」

神社と同じ年の御神木は、樹齢数百年の杉の樹だ。

大人三人が手を繋いでちょうどの幹の下は絶好の涼みどころだったが、木陰に集まった面々は佐原の第一声でたちまち嫌な汗をかきそうになった。

「あー、ここに明良さんがいなくて良かった」

煉が冷汗を拭《ぬぐ》い、呆《あき》れたように佐原をねめつける。

「あのさ、おじさん。もうちょっとデリカシー持てよ」

「そうですよ。僕たちは知っていたから構わないけど、あんまり無遠慮すぎます」

「だよなぁ、尊？　大体、何でわかったんだろ。二荒さん、言い触らすタイプじゃねぇし」

従兄弟《いとこ》と顔を見合わせてしきりと首を捻《ひね》っていたら、佐原は高らかに声を張り上げた。

「そんなの、二人が再会した瞬間に決まってるだろう。バックにぱぁっと花が咲いたようで、彼らの抱擁シーンは実に感動的、かつ艶めかしかった。あんな友情があるものか！」

「げっ。あの人たち、そんなことしてたんだ」

「不潔だなぁ、人前で抱き合うなんて」

余計な一言で、たちまち中学生コンビは顔を顰める。一連のやり取りに月夜野はまるきり無関心だったが、櫛笥の方はたまらずくすくす笑い出した。

「それは、よっぽど二荒くんが清芽くん不足だったんだろうね。あの二人、清芽くんの方がいざって時には強そうだし。でも、良い傾向じゃない？　二荒くんは、誰かに頼ったり甘えたりすることがないまま大人になっちゃって、ようやく心を許せる相手を見つけたんだから」

「〝心に決めた人はいます〟って、私にも言っていたよ。実に良《い》い顔をしていた」

「え〜、二荒さん、そんなこと言うんだ。意外だなぁ」

「案外と、惚気《のろけ》させたら止まらないタイプかもしれないよね」

きゃっきゃっとはしゃぐ煉たちに、もし明良がいたら「おまえら女子か！」と毒を吐いたかもしれない。だが、幸いなことに彼は本殿に直行しており姿を見せなかった。

「まぁ、前座はそれくらいにして」

真顔になった佐原が、いきなり本題に入る。前座って、と櫛笥は苦笑いをしたが、今度は口を挟まずに彼の話を聞くことにした。

「実は、二荒くんに注意を受けたんだ。彼女を話題にする時は、充分気を配るようにって。名前を口にしたり、文字で記録したりするのはNG。高い確率で呼んでしまうらしい」

「…………」

そのことは、櫛笥たちも言い含められている。月夜野の話でも、代替わりの呪詛返しがばれたのは、文字に書きつけたのが原因だと聞いていた。

「学問的観点からは、非常に興味深い事象だ。でも、恐らく彼女はずっといるんだと思う。私たちに姿を見せないだけで、常に周囲を窺《うかが》っているんだ。そう、例えば……呪詛相手の月夜野くんに憑いているとかね」

屈託なく嫌なことを言う佐原に、しかし説得力があって誰も突っ込めない。特に尊はさっと表情を強張らせると、慌てて月夜野の方から目を逸《そ》らしてしまった。言われた月夜野自身は否定も肯定もせず、まるきり他人事《ひとごと》のような顔だ。

「文字や名前に敏感なのは、人の目や耳に記憶されるのを嫌うからだろう。本名を語っているわけでもないのに、と不思議かもしれないが、どうやら呼称自体に激しい憎悪を感じているのかもしれないな。だが、それも月夜野くんの話を聞けば納得だ。彼女の悲劇は、その呼称から始まっている。普通の娘のままなら、起きなかった悲劇だ」

「ちょっと……ヤバくないか……？」

名興に乗って朗々と語る佐原に、煉が不安を募らせる。決まったルールがあるわけでなし、名詞を出さずとも巫女を刺激する振る舞いは極力控えておくべきだろう。目配せを受けた櫛笥が頷き、やんわりと諫《いさ》めようとした時、月夜野が初めて口を開いた。

「名前などないのです」

「え……」

「お話ししたように、月夜野の一族は多くの霊能力者を輩出してきました。優れた者は幼い頃から素質を伸ばすように育てられ、外界との付き合いも制限されます。神の配偶者となるべき乙女ですから、個人の名前など必要ありません。だから、恐らく……彼女も」

「…………」

名前を持たない巫女。

少女らしい夢も楽しみも知らず、唯一人心通わせた異性が原因で惨殺《ざんさつ》された彼女に、誰も恨むなと言うのは確かに酷かもしれない。

だが、その結果、人格を持たない呪具として月夜野が生まれたのも事実だ。やはり、呪いの連鎖はどこかで断ち切るべきなんだろう。

「何か、月夜野家って聞けば聞くほど胸糞悪《むなくそ》いよな」

重くなった空気にも頓着せず、冷ややかに煉が月夜野を睨《にら》みつけた。

「そりゃ先祖の因果に苦しめられて、あんたは気の毒なのかもしんねぇけどさ、だからって無関係の人間を悪霊に喰わせるなんて頭おかしいよ」

「れ、煉っ」

「何だよ、尊だってそう思うだろ。月夜野のやったことは、同じ霊能力者として決して踏み込んじゃならない領域だ。第一、あんたの諦《あきら》めが悪いから、俺たちまで呪詛返しに付き合う羽目になるんじゃねぇか。センセエのことがなかったら、誰が協力なんかするもんか」

「まぁ、言葉は乱暴だけど一言一句同意だね」

小気味よい罵倒《ばとう》に、櫛笥がくすりと笑みを零す。暴言の数々に尊は困っているようだが、幾ら責められたところで月夜野に響かないのもまた事実だった。

「君、西四辻煉《にしよつつじ》くんだよね？　私は民俗学的見地から西四辻家には非常に興味があるんだが、それにしても面白い子だなぁ。どうだろう、私の茶飲み友達にならないか？」

「へ？　茶飲み？」

「お菓子も出すよ。うちの研究室で、女性陣がよく取り寄せているんだ。お蔭で、私もすっかりお馴染《なじ》みになってしまった。ツマガリのブルーベリーパイ。美味だぞ」

「佐原教授、男子中学生をナンパするのは、この件が片付いてからにしてください」

呆れ顔の櫛笥に窘《たしな》められ、佐原は「おや、これは失礼」と頭を下げる。故意か天然か、お蔭で険悪な空気が解消され、神経の細やかな尊はほうっと息を漏《も》らした。

「話は戻るけどさ、センセエに霊感がないのは〝加護〟が強すぎるせいなんだろ。だったら、やっぱりセンセエに呪詛返しは荷が重くね？　そりゃ、いつもみたいに身体を張れば〝加護〟は発動するだろうけど、それだって絶対じゃないんだろ？」

一同をぐるりと見回して、煉が由々しき問題だと言いたげに腕を組んだ。

「もしセンセエに血筋通りの霊能力が備わってたら、最低限の修行は積んでいたよな。あるいは使い手を明良さんがやるなら、予備知識なしでもやってのけるだろうし」

「彼は特別な存在ですよ。一緒に考えても無意味です」

頬の傷を指先で撫《な》でながら、月夜野が淡々と言った。

「私も長くこの業界にいますが、明良くんのようなタイプは初めてです。彼には、まったく迷いがない。怖いものなど、何もないような印象を受けます。普通は霊を恐れ、己とは異質の存在として対峙する者がほとんどなのに、〝違うモノ〟だという認識さえしていないようだ」

「そんな、明良さんを化け物の仲間みたいに……」

「そうだよ、化け物はおまえの方だろ。何人も殺しておいてさぁ」

尊の言葉に便乗し、煉が更なる暴言を吐く。

月夜野は余計な口を利いた自分に少し驚いた顔をし、すぐに元の無表情に戻った。

「清芽くんの〝加護〟は、魂への呪詛に対抗する手段で生まれたものです。つまり、呪いなくして〝加護〟は成立しない。けれど、そのお蔭で霊感がないとなると……やはり、そこがハンデになるのは止むを得ません。彼が意識的に〝加護〟を使えるか、あるいは悪霊に対抗しうる呪を会得《えとく》していたなら、もちろん勝率は格段に上がったでしょう」

「いや、ちょっと待って、月夜野さん。そんな単純な話じゃないと思う」

「……どういうことですか」

「僕はね、そのために明良くんがいると思うんだ」

あくまで慎重に、けれど確信を持って櫛笥が進言する。月夜野よりも先に、せっかちな煉が「どういう意味だよ」と問いかけた。明良自身が常日頃から「兄さんを守る」と公言しているのは知っているが、それとこれとでは話の次元が違いすぎるからだ。

「明良くんは次男だけど、葉室家直系の血筋には違いない。人の身には過ぎる〝加護〟を持つが故に、清芽くんは他の霊能力を一切奪われた。ならば、明良くんが並外れた力を持っているのはそんな兄をカバーするためじゃないのかな」

「清芽くんのため……ですか？」

「明良くんの〝化け物〟じみた力は、清芽くんが〝加護〟に奪われた分も上乗せされている。そう考えれば、あの二人が兄弟として生まれたのって必然だなぁ、と僕は思うよ。つまり、恋人の二荒くんとは別の意味で、葉室兄弟は二人で一つの形を成すんだ」

「それって、逆を言えば一人じゃ不完全って意味になるのか？」

複雑そうな顔で尋ねる煉に、櫛笥は控えめな口調で「そうなるかな」と言った。

「実に不思議な連鎖だよ。月夜野家の呪詛から端を発して、他家である清芽くん、明良くんへと波及している。偶然の産物なんか、何一つない」

「何だよ、それ……」

煉が、苛々と怒りを含んだ声で唸《うな》った。

「さっきから聞いてりゃ、神だの悪鬼だの〝加護〟だのって、何から何まで誰かの思惑が絡んでることばっかじゃねぇか。じゃあ、センセエも明良さんも駒だっていうのか？　巫女の呪詛とそれを弾き返すための、単なる道具に過ぎないってのかよ？」

「私と同じだ……」

対照的に、月夜野は歓喜にも似た響きで笑みを刻む。

「呪詛の道具として作られた私と、葉室家の兄弟はやはり因縁の仲なんです。素晴らしいな。生まれたことの意味を、こうまで明確に定義づけられるなんて。駒だから何なんです？　ここに至るまで、我々は実に多くの犠牲を払ってきた。今更、出自で悩むなんてナンセンスだ」

「てめぇは良くても、センセエたちは違うかもしれないだろっ」

「煉、お願いだから落ち着いて。君の言うことは、僕もよくわかるから」

「でもさぁ、尊……」

「――煉」

今にも月夜野へ飛び掛からんばかりの煉を、尊が窘める。強い眼差しを向けられ、うっと煉が文句を呑《の》み込んだ。本気で怒っている時の彼は、どんな魑魅魍魎《ちみもうりょう》よりも怖い。

勝ち気な従兄弟を黙らせると、尊はふっと息を吐いた。その視線を、ゆっくりと月夜野の方へ移していく。あんなに月夜野に怯えていたのに、今は少しも臆したところがなかった。

「月夜野さん、あなたは一つ勘違いをしています」

「勘違い？」

「そうです。確かに呪具はあなたで完璧でしょう。使い手に清芽さんたちが揃えば、お膳立ては充分だと思います。でも、本当にそれだけで呪詛返しが叶うでしょうか？　相手は、単なる悪霊とは違うんですよ？　これほどまでに現世へ強い影響力を持つなんて、まさしく鬼か妖怪の類《たぐい》です。万全を期しても、まだ足らないと思います」

「もちろん、わかっていますよ。ですから呪詛の生まれた地で、呪詛返しの儀を行うつもりです。こちらの宮司に付いて誕生日直前まで禊《みそぎ》の教えを乞い、呪具の毒に私自身が侵されないよう留意しながらね。人と土地、そして呪具。この三つが揃えば完璧なはずです」

問題がありますか、というように月夜野は微笑《ほほえ》んだ。

先祖代々に亘《わた》って待ち望んだ日なのだ。そのための段取りなど、何千回と推考してきた。今更、部外者の……まして、子どもになど忠告されるまでもない。

しかし、続く言葉が彼の表情を一変させた。

「いえ、一ヶ所だけで行うのは不完全です」

「え……」

絶句したのは、何も月夜野だけではなかった。

櫛笥や煉が意表を突かれた顔になり、佐原はニヤニヤと興味深そうに尊を見つめる。

「月夜野さん、忘れてしまったんですか？　彼女は八つ裂きにされ、頭と右の手足を供物《くもつ》として『御影神社』へ捧げられた。つまり、呪詛の生まれた地は二つあるんです。彼女が殺され、胴体と左の手足が埋められた場所——それから、当時の宮司が憐れんで供物を埋葬した場所。呪詛返しの呪法は、この二ヶ所で同時に行わなくちゃ効果がない。僕は、そう思います」

「………」

「失敗すれば、あなただけじゃない。関わった全員に危険が及ぶんです。そうして尚、巫女の呪いは増殖を続けるでしょう。この土地を飲み込み、祟《たた》りを感染させていきます」

凛《りん》とした言葉に、月夜野は顔色を失った。

〝加護〟を持つ清芽の協力を取り付けた段階で、彼の中では大きく成功に近づいていたのだろう。それを根本から崩す指摘を受け、呆然《ぼうぜん》となっている。

だが、言われてみればもっともな意見だった。巫女に纏《まつ》わる記録は月夜野家のみに残っており、そこには処刑の場所、半分の遺体を葬った場所、などが細かく記されている。それ故、呪詛返しの儀を行う場所も難なく決められたのだが、葉室家の方は一切の記録が削除されているため、残り半分がどこに埋められているかなど調べようがなかった。

「そんな……もう時間がない……」

初めて、月夜野が取り乱す。

清芽の魂に呪詛をかけられたと知り、使い手としては絶望的だと諦めた。それからずっと、自分だけで対抗しうる術《すべ》はないかと考えてきたのだ。狩り場という非道な方法を使い、己の手を汚し続けてきたのも、ひたすら一族の悲願を叶えるためだ。

「何てことだ……もっと早く、清芽くんの〝加護〟を知っていたら……」

悔やんでも悔やみきれないが、つい口に出してしまう。〝加護〟の噂《うわさ》を耳にしたのはほんの数日前のことで、その頃の月夜野は己で悪霊を育てることに夢中だった。もし成功すれば、使い手の代わりになるかもしれない。そんな希望にかまけて除霊の現場から遠のいていたのが仇《あだ》になったのだ。まさか、巫女の呪詛に匹敵する〝加護〟を葉室家の人間が持っているなんて、夢にも思いはしなかった。

どうすればいい――その気持ちは、他の者も同様だった。だが、呪詛返しを決行する月夜野の誕生日まで、あと五日しかない。

「僕なら、役に立てる」

不思議と落ち着き払った声で、尊がきっぱりと断言した。

平安時代から脈々と受け継がれる、裏の陰陽道《おんみょうどう》と呼ばれる名家、西四辻家。その本家跡取りとしての誇りが、澄んだ声音に滲んでいた。

「僕は霊媒師《れいばい》です。あらゆる霊から情報を集められる。この地に留まり、時代の流れを見続けてきた者たちから、当時の宮司がどこへ供物を埋葬したか聞き出してみせます」

「たける……」

驚いたのは、煉だ。

おとなしく優しい本家の従兄弟は、一族の次期当主としての重責に常日頃から苦痛を感じていた。芯《しん》が強く、決して見た目ほど気弱ではないが、それでも退魔の能力が分家の煉より著しく劣っている事実が彼を萎縮《いしゅく》させていたのだ。

けれど、目の前で月夜野へ宣言する尊はまるきり別人だった。自分が生涯守り、命をかけて仕えるべき主人としての威厳すら漂わせている。

「尊、おまえ……」

「きっと、彼女は邪魔をしてくると思う」

月夜野から煉へ視線を戻し、尊は微塵《みじん》も恐れを感じさせずに言った。

「呪詛返しに有益な情報を、霊から僕が引き出せないように。相当な覚悟で挑まなきゃ、何も得られないまま悪霊に囲まれ、憑り殺されるかもしれない」

「…………」

「煉、僕を守れる?」

「当たり前だろ」

一瞬の躊躇もなかった。不敵な面構えで笑い返す煉に、尊はようやく普段の優しい表情に戻る。良かった、と微笑む彼に、煉は大人びた口調で「安心しろ」と言い聞かせた。

「おまえに、不浄は指一本触らせない。そのために、修行を積んできたんだ」

「……うん」

「そうなると、僕の役目も決まっているな」

櫛笥が、やれやれと苦笑する。

「良からぬ霊が尊くんに寄りつかないよう、特別な降霊用の陣を描くよ。そこなら、性質《たち》の悪い奴は片端から弾き返す。悪戯に、誤った情報を吹き込む連中もいるからね。それでも越えてくる悪霊がいたら、後は煉くんにお任せする」

「ああ、蹴散《けち》らしてやる」

「君たちは、良いチームワークをしているなぁ」

心から感心したように、佐原が呟いた。目まぐるしく変わる状況に、先刻まで絶望の淵にいた月夜野は唖然《あぜん》としている。だが、彼はハッと目に緊張を走らせると「待ってください」と皆の会話にストップをかけた。

「すみませんが、それ以上ここで話すのはまずいと思います」

「え？」

頭上で、大ぶりの枝が突然しなった。まるで、誰かがぶら下がったように。

俄《にわ》かに木漏《こも》れ日が消え、さく、さく、と土を踏む足音が近づいてくる。次第に増えて不協和音となり、やがて耳障りなほど大きく響き合った。

周囲を見回しても、誰もいない。だが、均《なら》された地面に無数の足跡が生まれていく。

「神域でもお構いなしかよ……」

煉が忌々《いまいま》しげに吐き捨て、注意深く視線を巡らせた。背中に尊を庇《かば》い、櫛笥と素早く視線を交わすと、おもむろに攻撃の呪符を取り出して構える。

みし、と新たな窪《くぼ》みが生まれた。

足跡ではない。手形だ。右手のすぐ側に、今度は足と思《おぼ》しき跡が浮き出る。

「……ムダダヨ……」

地の底から湧《わ》き出るような、怨念の呟きがどろりと漏れてきた。


同時刻、本殿奥の小部屋では、凱斗と明良が対座していた。

話がある、と振っておいたせいか、明良は些《いささ》か警戒しているようだ。帰宅早々、彼の眼前で清芽に抱き付いたこともあり、機嫌は決して良くはない。

「俺に話って何？」

言外に「さっさとしろ」というニュアンスを感じ、凱斗は単刀直入に切り出すことにした。

「呪詛返しの儀を行う時、おまえの代わりに俺を清芽につけてくれ」

「…………」

「清芽に聞いたんだ。あいつのサポートに、おまえがつくと。その役目を譲ってほしい」

「……ふざけてんの？」

「本気だ」

もとより、すんなり通る望みとは思っていない。胸を張って正面から彼を見据《みす》え、次の出方を静かに待った。だが、意外にも明良は激高するでもなく、しばらく思案顔で沈黙する。

もしかしたら、ある程度予想していたのかもしれない、と凱斗は思った。自分たちは全てが水と油のように対照的だが、清芽を中心に置くと、たまに驚くほど相手の思考が読める時がある。それもまた反発の要因ではあるのだが、今回に限っては何としても説得したかった。

「理由は？」

ようやく、明良が口を開く。

試すような瞳が、こちらの表情を見逃すまいとしていた。

「俺は、清芽に〝加護〟を使わせたくない」

「…………」

「この前も言ったが、〝加護〟は人の身に余る力だ。きちんと正体がわかるまで、闇雲に発動させたくないんだ。だが、あいつが呪具の使い手として働くには、自らを月夜野の盾にして無理やり〝加護〟を発動させるしかない」

「そうだろうね」

「明良、おまえは平気なのか」

痛いところを衝《つ》かれたらしく、その視線が微かに険しくなる。〝加護〟の有無など彼にとってはどうでもいい問題だが、今回は清芽が危険に身を晒すのが大前提だ。自分が守るつもりでいたとはいえ、やはり抵抗は感じているのだろう。

「俺に成り代わったところで、凱斗には何もできないよ。あんた一人じゃ、残念だけど巫女の調伏は無理だ。呪具の月夜野だって、使い手に選ばれた兄さんでなきゃ威力を発揮しないだろう。そもそも、あんたにできるくらいなら俺がやってるよ」

「………」

「巫女を滅するには、〝加護〟で呪詛返しをするしかない。俺たちがどんなに頑張っても、神格に近い力には及ばないんだ。勝算もないのに、感情だけでそんなことを言われても困る」

「勝算なら、ある」

きっぱりと、凱斗は断言した。

さすがに明良は面食らい、一瞬毒を引っ込める。真意を窺うように凱斗を見つめ、やがて言わんとするところを察したのか、みるみる苦い顔つきになった。

「まさか……」

「清芽に〝加護〟を使わせず、呪詛返しを成功させる。これは、俺にしかできないことだ。明良、わかってくれないか」

再び沈黙が続いた。

たっぷり一分考えた後、決意を秘めた表情で明良は言った。

「──条件がある」

「条件？」

「そう。凱斗が飲めるなら、だけど」

何だろう、と訝《いぶか》しむ。もちろん、どんな条件だろうと飲む覚悟はあった。凱斗が無言で頷くと、明良は取り出した呪符を床に置いて低く真言を唱え出した。

「おい、おまえ何を……」

左の手のひらを上にして、彼は右の人差し指を当てる。何をする気だ、と見つめていた凱斗は、手のひらがみるみる血に染まっていくのに気づいて顔色を変えた。

「おい！」

「オン・ソンバニ・ソンバウン・バザラ・ウン・ハッタ」

「明良……」

どんどん早口になりながら、呪符に滴る血を染み込ませる。その鬼気迫る様子に、無茶を止めることさえできなかった。

「この呪符を持っていれば、あんたは葉室明良と同質の者になる。つまり、身代わりだ」

「…………」

「二荒凱斗じゃなく、もう一人の葉室明良として兄さんを守れ。全ての記録が抹消されているが、巫女と葉室家にはきっと今回の件以外にも何か縁がある。だからこそ、呪詛返しには葉室の人間であることが不可欠な要素じゃないかと俺は思う」

「巫女と……葉室家か……」

「少なくとも、呪符で巫女の目をごまかすことはできる。これが、役目を譲る条件だ」

血まみれの呪符を差し出され、凱斗は逡巡《しゅんじゅん》する。確かに、これで明良に成り済ますことはできるだろう。巫女にだけは、自分が明良に見えるはずだ。

でも、と苦い気持ちがこみ上げてくる。

自分は、葉室明良の傀儡《かいらい》ではない。彼と同質の者になって守れ、と言われれば抵抗する気持ちがないわけではなかった。

「本当に、それが条件なのか？」

「何が？」

「おまえが、こんなに簡単に譲るとは思わなかった」

正直な感想を口にしただけだが、明良は「何だよ、それ」と心外そうだ。だが、隠し通すつもりもないのか、すぐにもう一つの動機を口にした。

「兄さんが、凱斗のことを気にしていた」

「え……」

「昨夜の話だよ。俺が、月夜野の使役する悪霊と対峙していた時だ。音信不通のあんたが、心配になったんだろうな。顔つきで、すぐわかった」

「………」

「だから、考えたんだ。どうしてだろうって」

恋人だから、だけでは、明良は納得できない。何か、もっと他の理由があるはずだ。

「俺は、兄さんと自分が大事だ。他の奴らは、正直どうでもいい。だから、いざとなれば他人を切り捨てて生き残ることができる。でも、あんたはそうじゃない」

「………」

「凱斗は、自分を捨てているところがある。兄さんはそれを知っているから、いつだってあんたが無茶をしていないか考えている。俺はずっと側にいるし、その点では安心されているんだと思う。いつだって、兄さんの目の届く範囲にいるから」

あまりの理屈に、すぐには言葉が浮かんでこない。

要するに、彼は清芽に心配されたいのだ。その身を案じ、無事を祈って欲しい。それには、相応の材料がなくてはならない。離れた場所で危険な除霊に挑んでいるとなれば、様子がわからない分、確かに清芽の不安は駆りたてられるだろう。

だが……――。

「バカバカしい。おまえ、本気でそんなこと……」

「本気だよ。目の前で凱斗の心配をされるくらいなら、離れて俺のことを考えてもらった方がいい。愛情の問題じゃないのは、わかってる。兄さんが、単にお節介で長男気質なだけだ。それでも、今回は僅《わず》かな精神の乱れが命取りになる。嫉妬《しっと》で自滅なんて惨《みじ》めな結果は、絶対に出したくないからね」

「……面倒臭い奴だな」

「何とでも言えば。俺は、兄さんが俺といる時に凱斗のことを考えるのが許せないだけだ」

ずいぶん危険な思想だ、と呆れつつも、何となく明良の言い分に納得してしまう。それは、隠してはいるが凱斗もまた強い独占欲の持ち主だからだ。

清芽のことを密かに見守っていた頃は、まさか手に入れられるとは思っていなかった。けれど、思いがけず恋人になってからは鬱陶《うっとう》しいくらい溢れる愛情を自制するのに精一杯だ。明良は弟だから側にいて当然と思っていても、それでも張り合っている自分がいる。

「おまえ、俺がそんな話を聞いて、おとなしく傀儡になると思っているのか?」

「当たり前だろ」

即答して、明良はニヤリと唇の端を上げた。

「どんな理由でも、兄さんの側にいられる方を選ぶさ。兄弟の俺と違って、凱斗はずっと距離があったんだから尚更だ。まして、今回の相手は悪鬼じゃないか。自分が、兄さんの盾になりたいに決まっている。〝加護〟の有無なんか、あんたには関係ないだろ?」

「…………」

言外に、取引をしよう、と彼の目が言っている。そうして、凱斗は頷く己を知っていた。

そう、確かに明良の言う通りだ。どんな状況でも、清芽の隣に立つのは自分でいたい。

「交渉成立だ」

明良の渡した呪符を握り締め、凱斗は己の業の深さに溜め息をついた。

7

尊《たける》が霊との交信を始めて、三日が過ぎた。

真木《まなき》の許可を得て敷地の裏手に櫛笥《くしげ》が結界の陣を描き、その中央に白装束の尊が正座する。

そのまま多くの霊を次々と憑依《ひょうい》させていき、確かな情報を集めていくのだ。

「そんじゃ、俺は陣から出るからな。尊、絶対に無理はすんなよ？」

「うん、ありがとう、煉《れん》。大丈夫、しんどい時はすぐ呼ぶよ」

「……ん」

唇を引き結び、煉が力強く頷いた。そうして自分は護衛に戻るべく、陣から少し離れた場所で仁王立ちになる。こんな調子で、尊が限界まで粘って夜になる、のくり返しだった。

櫛笥の陣は魔除けの効果に特化しているので性質の悪い霊は近寄れなかったが、尊の放つ清浄な光に魅せられて周囲をうろつくモノは後を絶たない。それらに注意を払い、調子に乗らせないようにするのが煉の主な仕事だった。

「神域って空気が清浄な分、惹《ひ》かれて霊も集まりやすいんだけど、そういうのは救われてないわけだから危ない奴が多いんだよね。ここは宮司の結界が強いから、まだマシな方かな」

「大丈夫なのか、あの二人」

遠目から様子を窺う櫛笥の隣で、仏頂面の明良《あきら》が声をかける。他人の動向を気にするなんて珍しいと内心驚いていたら、目敏《めざと》く見抜いて冷ややかに言われた。

「尊の情報次第で、呪詛返しの成功率は違ってくるだろ。確かに、あの子は正しい。闇雲に降りかかる呪いを打ち返したところで、あんな化け物に通用するとは思えない。確実なのは、相手が呪詛を生んだ場所を浄化することだ。二ヶ所あるなら、両方を叩かなきゃ意味がない。時代は変わっても、これだけの怨念を残したなら土地に念が染み込んでいるはずだ」

「うん、まぁそうなんだけど……それだけじゃないでしょ？」

「？」

怪訝《けげん》そうに見返され、櫛笥はたまらず微苦笑を浮かべる。

「彼らは優れた霊能力者だけど、如何《いかん》せん、まだ中学生だからね。僕も、二人の体力がもつか不安は感じている。特に尊くんは少女のように細いし、霊との交信はひどく消耗するものだ。二人揃って頑張り屋だから、大人の僕たちが気をつけてあげないと」

「俺が、あいつらの心配をしていると言いたいのか？」

「天下の葉室《はむろ》明良も、あの化け物と波長を合わせるのは無理だったようだから」

「…………」

耳に痛い言葉を投げても、明良は気色《けしき》ばんだりはしなかった。

櫛笥が彼に敵わないと思うのは、霊能力の高さも然《さ》ることながら実はこういう面にある。誰より優れた才能を持ち、最強とまで呼ばれる男だが、明良は相手の力を正確に見抜く。若さ故の驕《おご》りや自信家な側面は否めないが、それで目を曇らせることがないのだ。だから、負けて当然と思う時は悔しがらないし、そのくせ次には涼しい顔で相手を倒しにかかる。

先日、境内で呪詛返しについて相談していた場所に悪霊が現れた時もそうだった。

巫女に憑り込まれ、操られた亡者たちは煉と月夜野《つきよの》であっさり撃退したが、強烈な憎悪の視線だけは祓うことができなかった。姿こそ見せなかったが、巫女が近くにいることを全員が感じ、恐怖に鳥肌を立てていたのだ。

「そこへ、本殿から外へ出てきた二荒《ふたら》くんと君が駆けつけてきて」

結局、程なくして巫女の気配は消えた。しかし、霊と対峙すれば苦もなく何らかの情報を得られるはずの明良でも、凄《すさ》まじい怨念と憎悪の感情しか受け取れなかったらしい。

「数百年の間、月夜野の長子を祟り殺してきた奴だ。そいつらの怨みつらみも養分にして、ますます育ったんだろう。憑り込んだ霊が多すぎて、いろんな声がひしめき合っている。とてもじゃないが、聞き分けるのは無理だ。……でも」

「え?」

「尊のやり方なら、何も本体から読み取る必要はない」

「…………」

「合理的な方法だ。時間がかかるのが難点だけどな」

「おやおや、君たちは『中学生コンビを見守る会』でも発足したのかな?」

「……佐原《さはら》教授……」

空気を読まない能天気な一言に、先に反応したのは櫛笥だった。彼は持ち前の愛想の良さで彼に向き直り、「ちょうど良かった」と笑顔を作る。

「僕、佐原教授にお話があったんです。尊くんが供物の埋められた場所を特定したら、教授はどうなさるおつもりですか?」

「もちろん、即行で向かうとも。現在どうなっているか、周辺に民間伝承として何か残っていないか、調べたいことはたくさんあるからね。個人的に、気になっていることもあるし。君たちの邪魔はしないから、呪詛返しの儀にも立ち会わせてほしい」

「それは……危険です」

困ったな、と眉根を寄せる櫛笥に、佐原は「そこを何とか」と食い下がってきた。

「代替わりの呪詛返しなんて、一生に一度巡り合えるかどうかの貴重な資料だ。ここで引き下がったら、私は教授職を退くよ。本気だ」

「お気持ちはわかりますが、僕たちもどこまで教授を守れるかわかりませんし」

「いいじゃないか、好きにさせれば」

面倒臭そうに、明良が口を挟んでくる。櫛笥は慌てて咎《とが》めるような視線を送ったが、彼はまるきり意に介さず無邪気な佐原をねめつけた。

「人の生死がかかってるっていうのに、命がけの儀式を『資料』とか言う神経の持ち主だぞ。巻き添え喰らって死んだって本望だろ」

「ああ、これは正論だな。確かに失礼だった、申し訳ない」

佐原は即座に自らの非を認め、深々と頭を下げて詫《わ》びる。二人の間で櫛笥は困惑し、微妙な空気を作った明良を恨めしく思った。だが、心配したほど佐原は繊細な人物ではないようで、頭を上げた時にはもうにこにこと笑顔になっている。

「でもね、私の研究が君たちの助けになる時だってあると思うんだよ」

「………」

「何だって、記録しておくのは大事なことだ。たとえ画像で残せなくても、私には優秀な脳みそがある。この中に、君たちの姿を焼きつけておきたいんだ」

「佐原教授……」

「勝手にしろよ。誰もあんたの面倒はみない、死ぬのは自己責任、それでいいんだよな?」

「もちろんさ!」

意気揚々と瞳を輝かせ、佐原は早速櫛笥へ向き直った。

「では、櫛笥くんに聞こうかな。当日のスケジュールはどんな感じだろう?」

「スケジュール……ですか……」

レジャーに行くわけじゃないんだけどな、とさすがに表情を引きつらせ、櫛笥は現在決まっていることを改めて復習《さら》ってみる。

「明後日の月夜野さんの誕生日に、呪詛返しを決行します。僕たちは二手に分かれて、月夜野さんの実家近くに彼と清芽《せいが》くんと二荒くんの三人が、尊くんが探っているもう一ヶ所に明良くんと僕、西四辻《にしよつつじ》の二人が向かいます。ただ、まだそちらの場所は特定できていません」

「お兄さんと明良くんは別行動か。意外だなぁ」

「……うるさいな」

無神経な口を利かれて、明良はフイと横を向いた。しかし、思わず口を滑らせてしまった佐原の気持ちは、何となく櫛笥にもわかる。自分自身、明良と凱斗《かいと》の二人から「そういうことなので」と言われた時は、一体どんな過程を経てそんな結果になったのか、湧《わ》き上がる好奇心を抑えるのにひどく苦労したのだ。

「そういえば、二荒くんには面白い能力があるんだって？」

佐原はまったく顔色を読まず、ますます傍若無人《ぼうじゃくぶじん》になる。

「他人の霊能力をコピーして、一定時間使うことができるとか。でも、さすがに私も手放しでは信じられないなぁ。大体、そういうのも霊能力って言うの？　超能力じゃなくて？」

「どうかな」

明良はゆっくり視線を戻すと、憮然と呟いた。凱斗のコピー能力は霊能力と片付けるにはあまりに異質すぎるため、さすがに明確な定義づけは難しいようだ。

「俺には、何かの命題に思える」

「命題？」

「そう。兄さんの〝加護〟だって規格外だけど、今回の件で与えられた経緯はよくわかった。凱斗の力も、それと同じじゃないかと思う。何かしらの命題があって、それを果たすために風変わりな能力が宿ったんだ。普通の除霊に、あんな力はあったって仕方がない」

「明良くんは辛辣《しんらつ》だねぇ」

感心した口ぶりで、佐原がニコニコと腕を組んだ。彼らの会話を聞いていた櫛笥は、もしかしたら先ほどからの無礼な発言は、明良をしゃべらせるための煽りだったのではないかと思い至る。不機嫌になった明良は踵を返すなり、そのまま歩いて行ってしまったが、取りつく島のない背中を見送った櫛笥はやれやれと嘆息した。

「佐原教授、どうして明良くんを刺激するんですか？」

「私が？」

「とぼけないでください。わざと怒らせるような言い方していたでしょう。明良くん、いつにも増して傍若無人な態度になっちゃいましたよ」

「傍若無人か。確かに、あの子のためにあるような言葉だなぁ！」

いかにも愉快だと言わんばかりに、彼はげらげらと笑い出す。

「いや、本当にね。仲良くなりたいと思ったら、怒らせるのが一番手っ取り早いでしょ」

「え……？」

「素の感情、見てみたいんだよね。彼、嘘を吐くの上手そうだから」

「…………」

ますます佐原という人間がわからなくなり、櫛笥は言葉を失った。しかし、呑気な会話はほどほどで切り上げ、当面の問題に頭を戻さなくてはならない。何と言っても、呪詛返しの決行まであと中一日しか残されていないのだ。

「明良くん……二荒くんの能力を、あんな風に考えていたのか」

思いも寄らなかった、と櫛笥は新たな興味を抱く。

清芽を巡って対立しているだけに、部外者の自分とは違う視点から相手を観察しているのだろうか。凱斗が他人の霊能力をコピーしたり、更に別の人間へ移し替えたりできるのは確かに珍しい力だが、そこに理由づけなど考えてみたこともなかった。

「呪詛のからくりと同じだね。作為的な何かが、二荒くんを特別な存在にしたのかも。あの三人は、実に面白い取り合わせなんだなぁ」

「面白いって……」

不謹慎な感想だが、しかし櫛笥も同感だ。今回の呪詛に絡めて、彼らの関係もはっきり浮かび上がってきた気がする。あの三人は、互いに影響しあうようにできているのだ。

でも、それは何のためにだろう。

巫女の呪詛に打ち勝って、その先を見届けたい、と櫛笥は思った。


依然として供物の埋葬場所が摑《つか》めぬまま、月夜野の誕生日が明日に迫った。

清芽は凱斗と共に呪法で使用する祝詞《のりと》を真木に教わり、本殿で練習に余念がない。呪詛返しの儀では自分が中心となって進めるが、最後の呪いのために巫女が姿を現してからは、経験値の高い凱斗へ指示を仰ぐことになっていた。

「清芽、おまえの使命は呪具の使い手として、巫女の怨霊に月夜野くんを喰わせることだ。よそ見をさせたり、懸念を抱かせないよう、くれぐれも注意しなさい。彼女が月夜野くんを憑り込まなくては、〝加護〟の呪詛返しだけで祓えるか不安が残る」

真木から心構えを伝授され、いよいよなんだと身が引き締まる。隣で正座する凱斗も、同様に厳しい表情をしていた。どんなに頑張ろうと俄か仕込みには違いなく、彼の足を引っ張らないようにしなくては、と清芽が気負っていたら、真木が去った後で背中を軽く叩かれた。

「そんなに力むな。大丈夫、手順さえ正しければ失敗はしない」

「う、うん。そうだけど……」

「それより、悪かったな。急に明良と替わってしまって」

もう何度も同じセリフを聞いていたが、凱斗は本気で申し訳ながっているようだ。確かに、最初に言われた時は驚いたが、それは決して心細さに繋がるものではなかった。霊能力の高さではもちろん明良の方が上だが、凱斗には豊富な経験値と柔軟な思考がある。それは、総合的な能力で見た場合、明良と比べて遜色《そんしょく》のないものだった。

それに、と心の中でこっそり付け加える。

実際の呪法に関わるのは、これが正真正銘初めてだ。どんな展開が待っているか予想もできないし、いくら自身を鼓舞しても夜は不安でろくに眠れない。そんな状態の自分を、凱斗になら全て曝《さら》け出して預けることができた。彼が隣で一緒に戦ってくれるなら、きっと百パーセントの力を発揮できる気がする。

「ただ、よく明良が承知したなって思ったよ。あいつ、凱斗には対抗意識燃やしてるし」

「土下座したからな」

「ええっ！」

「……嘘だ」

真に受けて顔色を変える清芽を見て、笑って凱斗が白状した。何だよ、と嘆息しつつ、もし本当に明良が要求していたらやったんだろうな、と清芽は思う。それほどに「入れ替わった」

と報告してきた彼は真剣な面持ちだったのだ。一体、どういう経緯があったのか激しく気になるが、大事の前に好奇心まるだしで詮索《せんさく》するのも憚《はばか》られる。何もかも終わったらちゃんと訊いてみようと決め、今は結果だけを受け入れるに留めておいた。

「明日がタイムリミットだろ。尊くん、大丈夫かな」

「ああ、だいぶ消耗しているようだし無茶をしなければいいが」

本殿の掃除を済ませた二人は、様子を見てこようかと話し合う。昨日など、見かねた煉が強引に止めさせるまでほぼ不眠不休でいたようだ。自分が言い出したこととはいえ、尊の責任感の強さには皆が一目も二目も置き始めていた。

「煉も一緒になって、降霊中は飲まず食わずで立ちっ放しだ。表には出さないが、相当疲れているだろう。櫛笥が細やかにサポートしているが、そろそろ限界だろうな」

「……皆、それぞれ必死なんだね」

清芽がしみじみ漏らす言葉に、凱斗が「そうだな」と優しく同意する。彼らの協力を有難く受け入れた以上、巻き添えにしたとくよくよするのは止めよう、と思いはするものの、中学生にまで無理をさせている現状はやはり辛かった。

「清芽、いい機会だから言っておく」

落ち込んだ気分を察したのか、唐突に凱斗が言った。

「呪詛返しがどんな結果になっても、おまえは絶対に自分を責めるな」

「え……」

「大丈夫だ、明日は必ず成功する。だが、完全な形ではないかもしれない。こんなに大がかりな呪法は俺も初めてだし、正直読めない部分はたくさんある。だが、もし不測の事態が起こったとしても、それを自分のせいには決してするな」

「凱斗……」

急にどうしたんだろう、と思ったが、熱心な眼差しは頷く以外の返事を許しそうもない。迫力に気圧《けお》されて「わかった」と答えると、急にホッとしたように両手を手のひらで包まれた。

どくん、と心臓が大きく鳴り、凱斗の手の中で指まで熱くなる。

真っ直ぐに見つめられ、清芽は猛烈に恥ずかしくなってきた。実家へ来てからというもの、べったり二人きりという甘い空気はお預けだったので、少しの触れ合いにも敏感になっているのかもしれない。あの胸に抱かれた日が、ひどく遠い出来事にすら思えた。

「あ、あのさ」

何故だか、急に焦りがこみ上げてくる。〝加護〟がある限り、月夜野も凱斗も守ってみせると思ってはいるが、確かに何が起きるかはわからなかった。何か伝えなくてはいけないことがあったんじゃないかと、清芽は必死に考える。

「あの、俺さ……」

「全部終わったら」

「え……」

「全部終わったら、夏休みをやり直そう。今度は俺たち二人だけで」

「…………」

「ちょうど神前だから、おまえの神さまに誓っておく」

預けた手をぎゅっと手のひらに閉じ込められ、もう何も言えなくなった。

おかしい、と思う。とても危険な呪法なのはわかっているが、これまでだって何度もギリギリのラインで戦ってきた。そのたびに怖気《おじけ》づく自分を引っ張って、立ち向かう勇気を与えてくれたのは凱斗の方だったはずだ。

それなのに、今は彼の方が恐怖に耐えているように見える。何かを一人で抱えて、どこか自分とは違う場所を見つめているようだ。

「……うん」

暴きたい気持ちを必死に堪え、清芽は精一杯の想いを込めて言った。

「どこかに行こうよ、二人だけで」

「清芽……」

凱斗は祈るように俯《うつむ》くと、目を閉じて「愛している」と囁いた。けれど、清芽の胸を騒がせたのは甘いときめきではなく、声音に滲むもどかしさと焦燥だ。

それは、悲しいほどの愛情に満ちていた。

「あれ、月夜野さん」

戻ってきた真木が所用で凱斗を引き止めたので、清芽は先に尊たちのところへ行くことにした。本殿を出たところで鳥居近くに人影を認め、誰かと思ったら珍しい人物だ。月夜野は禊のため小部屋から出てこなかったので、ほんの数日ぶりでも何だか新鮮な気持ちだった。

「どうしたんですか、こんなところで」

「こんにちは、清芽くん」

年季の入った狛犬《こまいぬ》の下で、和服姿の月夜野はたおやかに佇《たたず》んでいる。

その姿は一枚の絵のようで、とても生きるか死ぬかの瀬戸際にいるとは思えなかった。

「いよいよ明日ですね……」

「……はい」

「何て言うか、不思議な気持ちなんです。本当ならもっと動揺しても良いはずなのに、まったくそうなりません。長年の月夜野家の悲願を叶える、その日がやってくるというのに」

さあっと風が吹き、着物の袂《たもと》がはためいた。

清芽は息を呑み、本当に綺麗《きれい》な人だな、と場違いな感想を抱く。

だが、確かに月夜野は変化していた。澄んだ眼差しも清々しさを感じる表情も、まるきり今までとは別人だ。能面のようだった顔に僅かな感情らしきものが浮かび、それを見た清芽は少しだけホッとしていた。

「二荒くんは一緒ではないんですか。先ほど、二人で祝詞をあげていたでしょう」

「あ、すみません。小部屋まで響きましたか。俺、全然慣れてなくて……」

「怖くはないんですか」

不意に、月夜野が真っ直ぐこちらを見た。

唐突な質問だったが、清芽は「いいえ」と首を振る。

「怖いです、なんて認めてしまったら、そこから弱くなっちゃうから」

「いえ、そういう意味ではなくて」

「え?」

月夜野は儚《はかな》く笑み、阿吽《あうん》の狛犬を交互にゆっくり見比べた。

「あの……月夜野さん……?」

「人間の業は怖ろしい。何としても一族を存続させる、その一念のために私の周りでは多くの犠牲が生まれました。私自身もたくさんの人を殺《あや》め、罪悪感の欠片《かけら》もない。大義名分を与えられ、肥大した宿業《しゅくごう》に憑りつかれているのです」

「…………」

「清芽くんにも、抗《あらが》い難い業が絡んでいますよね」

その言葉が何を意味するのか、聞かなくてもわかる気がする。

清芽は黙って彼を見つめ返し、惑わされまいと唇を噛んだ。

「私があなたを探し当て、協力を求めた時、どんな手を使っても、と言ったのは本音です。けれど、清芽くんは引き受けると確信していました」

「どうして……」

「それが、あなたの宿業だと思ったからです」

「…………」

「あなたは、何でも受け入れようとする。本来の資質に〝加護〟が加わることで、他人の孤独や恐怖を引き受ける濾過《ろか》装置のような存在になっているのです。そこに惹かれて御《ぎょ》し難い星が二つ、あなたを挟んで対立している。——二荒くんと明良くんです」

予言者めいた口調だが、月夜野は別に未来の話をしているわけではない。

その証拠に「怖くはないか」と現在進行形で訊いてきた。彼の目には、清芽の立ち位置は恐ろしく重圧のかかったものに見えるのだろう。

「あの二人は、似すぎている。一見、全てが対照的なのに魂の本質は同じものでできている気がします。下手をしたら、二人がかりであなたを喰ってしまうかもしれない」

「——怖くないです」

些かの迷いもなく、清芽は即答した。

月夜野の目に好奇心が浮かび、微かな温度が生まれる。

「本当です。やせ我慢でも何でもなく、俺は何も怖くない。あの二人が、もし俺を喰らうような時がきても、後悔もしないと思う。それに、絶対にそんな時はきません」

「清芽くん……」

「俺たちに業とも呼べる縁が結ばれているのは、霊感のない俺にもわかります。でも、それは喰い合うためじゃない。その運命を避けるためだと思う」

「…………」

「だって、俺たちはいつも考えている。相手のために何ができるかって。大事な相手に選び続けてもらえるように、今の自分に何ができるかって考えてるんです。俺は月夜野さんが言うような大層なものじゃないけど、もしちょっとでもそんな風に見えたんなら、それは〝加護〟とかのせいじゃなくて……俺が、月夜野さんを助けたいって思ったからですよ」

ふわっと、風が柔らかく舞い上がった。

優しい空気に包まれて、月夜野が心地好さげに目を閉じる。

長い時間、浄化の沈黙が降り積もっていった。

「生き延びなくてはいけませんね」

目を開き、独り言のように彼は言った。

「明日を過ぎたら、ようやく私は自分の人生を生きることができます。それを費やして、現在背負っているモノたちに償っていくつもりです」

「月夜野さん……」

「明日は、よろしくお願いします」

丁寧に頭を下げられて、「こちらこそ」と慌てて清芽もお辞儀を返す。顔を上げた月夜野は薄く色がついたような笑みを浮かべ、そのまま本殿へ向かって歩き出した。

「……清芽くん」

「はい」

「あなたに会えて良かった」

どこか軽やかな声音になり、彼は真っ直ぐに胸を張る。

はたして、贖罪《しょくざい》は生きる糧になってくれるだろうか。

そうあってほしい、と清芽は心の底から祈った。


「やっとわかりました。当時の宮司が供物を埋葬したのは、『御影神社《みかげ》』から凶方位に当たる西南の裏山です。現在は朽ちて片鱗《へんりん》さえ残っていませんが、遥《はる》か昔は祠《ほこら》があって、その下に埋められているらしいです。問題は、それが具体的にどの辺りか、なんですけど……そこまでは、まだ摑み切れなくて……ごめんなさいっ」

尊はしきりに恐縮したが、そこまで突き止めただけでも大したものだ。弾んだ声とは裏腹に顔は青白く、煉に支えてもらいながら陣の中央に座り込んでいる状態だったが、それでも気丈に笑顔を作っていた。

「凶方位ってことは、やっぱり祟り封じの意味があったんだろうな」

凱斗が、険しい顔で呟く。巫女を憐れにには思ったものの、彼女が死の間際に撒《ま》き散らした呪詛は、その亡骸《なきがら》をおぞましい穢《けが》れで蝕《むしば》んでいたのだろう。

「要するに通り一遍の方法じゃ、封じることはできなかったってことだ」

「とにかく、後は現地で探してみるしかないね。祠はさすがに残ってないだろうから、残骸でも見つかればラッキーなんだけど。でも、さほど離れていないのは幸いだった。近県にまで範囲を広げる羽目になっていたら、軽く絶望していただろうし」

「頑張ったねぇ、尊くん」

佐原の労《いた》わりの言葉に、尊は嬉しそうに微笑んだ。

「念が残っているなら土でも構わないんですが、骨の方がより効果的です。呪具としての月夜野さんは清芽さんたちと行動を共にするので、明良さんたちの方は代用品が必要ですし」

「じゃあ、まずは祠の場所を特定して掘ってみるしかない……かな。うわ、時間がないな。月夜野さんは午前八時生まれだって言うから、その前にカタをつけてしまわないと」

櫛笥が腕時計で時刻を確認し、焦った声を出す。すでに午後の陽は高く頭上に昇っており、夜まではあまり余裕がない。

「仕方ない、宮司に何か道具をお借りして早速裏山へ向かおう」

「はい、僕も着替えてきます」

「え、でも……」

さすがに、櫛笥は躊躇した。受け答えはしっかりしているものの、今の尊に裏山へ行くほどの体力があるとはとても思えないし、させたくない。

「僕がいないと、場所が絞れないでしょう? 更に詳しく知るには、山で降霊して……」

「悪いけど、それは無理だ。尊が死んじまう」

「煉……」

ぶっきらぼうな声が、尊の言葉を乱暴に遮《さえぎ》った。

「尊、もういいだろ。後は櫛笥たちに任せろ」

「でも……」

「ダメだ!」

食い下がろうとする尊に、煉が声を荒らげる。

彼は大きく頭を振ると、悲痛な声を絞り出した。

「ごめん、櫛笥。もうギリギリ限界なんだ。尊に、これ以上の無茶はさせられない」

「煉くん……」

「だ、大丈夫だってば。煉、僕ならまだ……」

「一人で座ってもいられねぇくせに、何言ってんだよっ」

言うが早いか、誰にも渡さない、と言うように尊を抱き寄せる。今までになく真剣な顔つきなのは、降霊中も一番近くで彼を見守り、どれほど力を使ったか知っている故だろう。清芽は抱き合う二人が愛しくなり、自分もしゃがんで彼らと目線を合わせた。

「尊くん、どうもありがとう。後は、俺たちに任せて。君はゆっくり休めばいいから」

「清芽さん……でも……」

「ここにいる誰も、これ以上君に無茶してほしくないって思ってるよ。だから、皆の気持ちを汲《く》んで休んでほしいな。煉くんだって、そろそろ休まなきゃダメだし」

「おっ、俺は全然平気だぞっ」

「……すみません」

ようやく緊張が解けたのか、弱々しい微笑がみるみる土気色に変化した。凱斗が素早く彼を抱き上げ、狼狽《ろうばい》する煉を連れて母屋へ運んでいく。櫛笥と佐原は気を取り直し、骨の場所をどうやって特定するか検討を続けることにした。

「まぁ、とにかく行ってみるのが一番じゃないかな。尊くんほどじゃなくても、呪詛が生まれるなんて相当な邪念が染み付いているだろうし、案外探し出すのは難しくないかも」

「陽が落ちてからは、避けたいですね。こちらの分が悪くなる」

「でも、何と言っても時間がないからなぁ」

「清芽くん、君も慣れないことの連続で大変だよね。無理してない？」

労わる櫛笥へ、清芽は強がりでない笑顔で「大丈夫です」と答えた。

実際、気持ちは不思議なほど落ち着いていた。先刻も凱斗と話していたが、多くの人たちが己のできることを限界まで頑張っている。それは、誤った方法を選択した月夜野にさえ言えることだ。そんな中にいて、自分だけが守られる人間でいることだけは避けたかった。

「兄さんは、凱斗がいるんだから心強いだろ」

「明良……」

それまでずっと沈黙していた明良が、初めて口を挟んでくる。だるそうな表情は、この場のやり取りに彼がすっかり飽きていることを表していた。

やっぱり、入れ替わったのが不本意だったのだろうか。

この期に及んで不毛な諍《いさか》いは避けたいな、と思い、清芽はどうやって弟を宥《なだ》めようかと思案した。

だが、続くセリフで全ては杞憂《きゆう》となった。凱斗の話では合意の上だったはずだが、後から気が変わったのかもしれない。

「骨のある場所なら、そこに行けばわかる」

「え……」

「すぐに特定してやるから、問題ない」

ふてぶてしい王様の笑みが、啞然とする一同をゆっくりねめつける。

戻ってきた凱斗が、「おまえなら、できるだろうな」と軽く笑んだ。


午前七時。真木《まなき》の浄めた塩と米が、『御影神社《みかげじんじゃ》』の境内《けいだい》に撒《ま》かれていく。

今日は参拝客を立ち入らせるわけにはいかないので、結界を張って足が遠のくように仕向けておいた。境内の中央、櫛笥《くしげ》があらかじめ書いておいた陣の中には、月夜野《つきよの》家が巫女《みこ》の亡骸《なきがら》の半分を埋めた場所で取ってきた土が大量に敷き詰められる。その中央に、白装束に身を包んだ月夜野が厳《おごそ》かな様子で正座した。

『昨日、夜にレンタカーを借りて下見へ向かったら、とてもじゃないけど陣を描ける環境じゃなかったんだよ。だから、やむを得ず土だけ持って帰って来た。簡易的に場所を移動させたことになるけど、間違いなく念の籠《こ》もった土だから大丈夫なはずだよ』

今朝早く櫛笥が説明したところによると、苔生《こけむ》した塚があったので位置はすぐわかったそうだが沼地のため足場が悪いうえ、道祖神が側にあって呪法《じゅほう》を使える状態ではなかったようだ。

話を聞いた月夜野は「そんなはずは……」と狼狽《うろた》えたが、事実なのだから仕方がない。だが、結果的に『御影神社』で行うことになったので緊張気味の清芽《せいが》にとっては有難かった。

今朝早くに裏山へ向かった櫛笥たち一行の他、本殿で呪詛《じゅそ》打ち返しの祝詞《のりと》をあげ、後方支援をする真木に尊《たける》と煉《れん》がつくことになる。一番体力に負担が少ないのと、真木が側にいるなら、ということで清芽たちも渋々承諾したのだ。尊の体力が復活したので、手伝いくらいはしたいと二人して言って来てくれたので無下《むげ》には断れなかった。

「呪法が始まった時点で私の意識は遮断《しゃだん》され、外界の音には一切反応できなくなります。ですから、次に意識が戻るのは無事に生きていられた場合のみです」

「月夜野さん……」

「私は、この日のために生きてきた。もとより、この身体は呪詛と毒で出来ている器にすぎません。今日まで命を積み重ねてきた月夜野家の者への、御霊《みたま》を鎮める儀式でもあるのです」

禊《みそぎ》を済ませたせいか、不思議なほど月夜野は落ち着いていた。

瞳の温度は相変わらず低いが、語る口調には感情の揺らぎが滲《にじ》んでいる。言うほど覚悟を決めるのは容易《たやす》くないだろうが、少なくとも恐怖には打ち勝っているようだった。

「そろそろか」

呪具に見立てた月夜野の後ろに、禰宜《ねぎ》の正装をした清芽と凱斗《かいと》が並んで立つ。

裏山の一行からは、先ほど連絡が入っていた。だが、清芽は彼らとのやり取りを思い出し、嫌な予感に胸をざわつかせる。それは、今後の展開が容易ではないと思わせるものだった。

『それがさぁ、驚いたよ』

第一声は、佐原《さはら》のはしゃいだ一言だった。

『裏山に足を踏み入れた瞬間、明良《あきら》くんが迷いもなくさっさと前を行っちゃって。その後、ものの三十分くらいで頭と右の手足が埋められている場所を特定したんだ。私にはよくわからない理屈なんだが、呪詛の波動とやらが伝わってくるらしい。数百年たった今も、脈々と祟《たた》り続けている証拠だよ。嫌でも興奮するじゃないか！』

高揚を隠しきれない様子でまくしたてる佐原から、ようやく櫛笥が電話を代わる。だが、彼も『明良くんには、いつも驚かされるよ』と舌を巻き、隣にいるらしき明良の鬱陶《うっとう》しそうな溜《た》め息《いき》がそれに続いた。

『尊が、かなり正確なところまで探り出していたから楽だった』

『……って言ってるから、尊くんに伝えておいてほしいな。まぁ、骨って言ってもほとんどは残っていなかったんだけど、そうとわかる破片が幾つかは拾えたよ。何だか、墓荒らししている気分だったけど、これで準備は△××……だ』

『もしもし？　櫛笥さん？』

『○△△××』

『もしもし?』

それきり通話は切れてしまい、二度と繋《つな》がらなかった。

(櫛笥さんたち、大丈夫かな。時間は合わせてあるから、向こうも同時に呪法の祝詞を始めるはずだけど。二ヶ所でいっきに叩《たた》かないと意味がないって話だし……)

己の骨を、暴かれたのだ。

巫女は、それを察知したのかもしれない。

「──清芽」

おもむろに凱斗から名前を呼ばれ、え、と顔を上げる前に左手を取られた。直後に痺《しび》れるような痛みが走り、目の端に生理的な涙が滲む。一時的に手首へ刻まれた呪文字を見て、彼の霊能力を移されたのだとわかった。

「視《み》えない方が怖いこともある。〝加護〟を使うタイミングもあるしな」

「あ……ありがとう……」

「その代わり、惑わされるなよ。俺がすぐ隣にいることを忘れるな」

「うん」

たとえ何が起きても、凱斗と一緒ならば怖くはない。最強と呼ばれる明良の側も安心はするが、彼はまず清芽を安全圏へ追いやろうとする。一人で戦うと決めている姿は、なまじそれを可能にしてしまうだけに余計に危なっかしさを感じさせた。

(凱斗もそういう意味では心配だったけど……言ってたもんな。生への執着はあるって)

その一言に、清芽はどれだけ安堵《あんど》したかしれない。

もう、自分が傷つくことに無頓着な彼ではなくなったのだ。そうして、以前に誓ったように
「一緒に戦おう」と言ってくれる。

何としても守らなくては、と思った。

月夜野のことも、凱斗のことも、笑って巻き込まれてくれた仲間たちのことも。

「――七時だ」

腕時計に視線を落とし、凱斗がちいさく呟《つぶや》く。

数百年に及ぶ呪詛を打ち返す、最初で最後の時が訪れた――。


呪詛返しの呪法には、古来より様々なやり方がある。

今回は単に打ち返すだけでなく、呪詛の送り手を呪殺するという極めて危険度の高い呪《じゅ》だ。

数代に亘《わた》って完成させた呪具――月夜野――が、巫女に憑《と》り込まれることによって内側から毒となり、彼女の霊力を弱らせたところで使い手――清芽――がいっきに祓《はら》う。

祓う、と言っても清芽にその心得はないので、あくまで〝加護〟頼みだ。一か八かの賭《か》けに近いので、万一に備えて凱斗がサポートとして付いている。

「一つ疑問なんだけど」

最終確認のつもりで、清芽が質問する。

「呪詛返しのことを知っていても、巫女は月夜野さんを喰らおうとするのかな」

「するさ」

即答し、凱斗は苦笑いを浮かべた。

「末代まで祟ると念じた、最後の一人だ。呪詛の成就は自らの手で下したいだろう」

「……凄《すご》い執念だな」

「ただ、必ずしも俺たちの計算通りに動くわけじゃない。その時は、おまえが月夜野を巫女に喰わせるんだ。呪具と化したあいつを動かし、上手く巫女に憑り込ませろ」

「ど、どうやって？」

「おまえは、使い手だ。ぶっつけ本番だが、その時がくれば身体が動く。俺が指示を出してやるから、何も心配しなくていい。その代わり、恐怖に呑《の》みこまれるなよ」

最後に釘を刺され、一抹《いちまつ》の不安を覚えながら清芽は頷《うなず》いた。似たようなことは真木にも言われたが、こういう意味だったのかと胸で呟く。

「明良から、同質化する呪符を預かった。だから、俺の祝詞も葉室《はむろ》家の者が詠《よ》み上げるものと同等の効果を巫女に及ぼすはずだ」

「同質化？　何だよ、それ」

「霊的なレベルで、明良のコピーになっているって意味だ。葉室家と巫女の縁は表向き全て抹消されているが、何かしら深い関わりがあると俺は考えている。あの月夜野が、命を預ける使い手として選ぶくらいだからな。使い手の資格は長子に限られるようだが、サポートなら同じ葉室の血を引く明良が最適なんだ。それを捻《ね》じ曲げて譲ってもらう代わりに、あいつのコピーとして戦うという条件を呑んだ」

「よ、よくわからないけど……でも……」

「ん？」

「俺にとって、凱斗は凱斗だよ。他の誰でもない」

複雑な思いに捕らわれて訴えると、一瞬面食らったように黙ってから、凱斗は「ありがとうな」と優しく笑った。

「毒の効き目には、少々のタイムラグが生じるかもしれない。効いてくるまで下手な動きは抑えて、じっくりタイミングを待つんだ。闇雲に巫女の前へ飛び出して、無理やり〝加護〟を発動させようとは思うな。確実な一回を狙《ねら》うんだ」

「わ……わかった」

「巫女にとって、おまえもご馳走《ちそう》には違いない。何かあれば殺す気で襲ってくるだろうから、絶対に気を緩めるなよ」

そんな風に言われたら、緩めたくなってもできっこない。

真っ青になって見返すと、頭をぐしゃぐしゃと撫《な》でられた。

「今頃、本殿では真木さんや煉たちが、裏山では明良や櫛笥たちが同じように後方支援の準備を進めてくれている。俺たちは最強だ、心配するな」

「凱斗……」

「──来るぞ」

瞬時に目つきが鋭くなり、凱斗が手のひらを合わせて祝詞をあげ始める。清芽も慌てて祓い串を持ち、真木から教わった呪詛打ち返し祝詞を口にした。

「言わまくも畏《かしこ》き天御影大神《あめのみかげのおおみかみ》をはじめ、天神地祇《あまつかみくにつかみ》・八《や》百万《およろず》の神々たちの御前に、礼代《いやしろ》の幣帛《みてぐら》種々《くさぐさ》捧げ奉り、禰宜の声々願《ね》ぎ奉り、祈《の》み奉ることの由はこの里の月夜野……」

ざわ。

祝詞の調子が高まるにつれ、周囲の木々が不気味に揺らぎ始めた。

晴天だった頭上に重たく雲が垂れ込め、視界が薄暗くなっていく。異様な空気に包まれて、清芽は声を震わせないように努めるのが精一杯だった。

「呪詛《のろい》の魔気《いき》に当たりぬるこそと申しき、あな忌々《いまいま》しきや、いかなれば、かも浦見《うらみ》の仇浪《あだなみ》は罹《かか》りしぞ、是素《これもと》より、かからむ事のあらむ由は夢覚えなき事ながら……」

地面に細い亀裂《きれつ》が走り、陣の周囲から放射線状に伸びていく。

その先から、ざり、ざり、と何かの這《は》ってくる音が近づいてきた。

「おまえで……最後……」

禍々《まがまが》しさと狂気の入り混じった、女の声が次第に大きくなる。

「おォ……まえぇデ……最後……」

甲高くなったかと思えば、地の底のように低い。不安定に気持ちを掻《か》き乱す音が、異形の女の口から零《こぼ》れ出した。咄嗟《とっさ》に耳を塞《ふさ》ぎたくなったが、祝詞に集中することで必死に堪《こら》える。

ちら、と様子を窺《うかが》ってみたが、月夜野は完全に冥想《めいそう》状態に入っていた。

微動だにしない背中は、まるで置物のようだ。

「つきよの」

ようやく獲物を見つけたように、巫女がはっきりと口を動かした。ゲタゲタと狂喜乱舞する声が、周囲にねっとり響き渡る。

怖い、と思った瞬間、全身の震えが止まらなくなった。

祓い串を持つ手がぶるぶる揺れ、祝詞を詠み上げる声が突っかかる。今までも厄介な悪霊とは何度も対決してきたが、今回の恐怖は異質だった。本能だけではなく、意志のある化け物だ。

「……清芽」

落ち着け、というように、凱斗が小さく呼びかける。

そうだ、落ち着くんだ。動揺を見せたら付け込まれる。怯《おび》える心の隙間《すきま》に潜り込み、闇をばらまかれてしまう。懸命に己へ言い聞かせるが、流れる冷たい汗はごまかせなかった。

砂利の上を這いずり、少しずつ巫女がやってくる。

怖い。それしか頭に浮かばない。祝詞の音が少しも舌に乗ってこない。

ざり、ざり、ざり。

生臭い臭いが、近づいてきた。

ざり、ざり、ざり。

ざり、ざり、ざり、ざり、ざり、ざり、ざり、ざり、ざり、ざり、ざり、ざり。


「明良くん、骨が……！」

背後で正座していた櫛笥が、険しい声音で指摘する。

清芽たちと連絡が取れなくなった後、約束の時刻に明良たちも呪詛返しを始めていた。櫛笥の描いた陣に明良が正座し、巫女の骨を呪具に見立てて呪詛打ち返しの祝詞をあげる。本体が月夜野の方へ行っていることもあり、こちらは比較的楽に浄化が進められそうだった——が。

パキッと乾いた音がして、骨を乗せた神具の皿が中央から綺麗《きれい》に真っ二つになる。

「小賢しいのがいるな」

明良は祝詞を詠み上げながら、鋭く周囲を一瞥《いちべつ》した。陰気な森林の一画に、巫女の半分が眠っていた。祠《ほこら》はとうに朽ちて無く、目で探すのは困難だったが、土地に滲み込んだ呪詛の臭気は嫌と言うほど臭ってくる。

臭いのは当然だった。ここは、動物の死に場所だ。

明良の存在に惹《ひ》かれて、四方からざわざわと異形が寄ってくる。肉を嚙《か》み千切られ、生きながら貪《むさぼ》り食われた動物たち。悪霊の糧となった生命は、食物連鎖の輪からも撥《は》ねられる。

子どもの頃、裏山には清芽と何度も遊びに来ていたが、不浄の巣があると真木が立ち入りを禁じていた区域だった。

「ひょっとして、巫女の怨霊ってこっちにも出たりするのかな?」

能天気な佐原は、まるで出くわすのを待っている口ぶりだ。明良は肩越しに彼を見ると、思い切り冷ややかに言い放った。

「心配いらない。動物霊の集合体だ」

「ええ〜、そうなのかぁ。そりゃ森なんだから、動物霊の方が多いのかもしれないけど」

「恐らく巫女の霊が小動物をおびき寄せ、その血を啜《すす》っていたんですよ」

うっすらと感知できたビジョンを櫛笥が伝えると、え、と佐原の表情が固まる。明良はおもむろに立ち上がり、櫛笥を見下ろして「代われ」と言った。

「か、代われって祝詞を？　ちょ、明良くん？」

「休むと、兄さんたちに影響が出るぞ」

それはまずい、と青くなる彼をよそに、さっさと陣の外へ足を向ける。何をする気だろう、と訝《いぶか》しんでいると、たちまち待ち構えていた霊たちが群がってきた。

「明良く……」

「休むな！」

鋭く叱咤《しった》され、櫛笥は慌てて祝詞を口にする。佐原は何が起きているのかわからず、ひたすら明良と櫛笥の間で目移りをくり返していた。だが、もし佐原が視える者だったら、こんなに落ち着いてはいられなかったはずだ。血まみれの毛皮や、桃色の肉片をぶら下げた小動物の醜悪な姿に、吐き気を催していただろう。

嫌悪に眉間《みけん》の皺《しわ》が深くなり、明良は一つ溜め息を漏《も》らす。

「蹴散《けち》らす」

一声、そう呟くと、明良が刀印を組んで素早く振り下ろした。

「天！　元！　行！　体！　神！　変！　神！　通！　力！　勝！」

顔色一つ変えずに魔切りの十字を切ると、無数の閃光《せんこう》が広がっていく。青白い炎にも似た光の束は、舐《な》めるような勢いで瞬時に霊たちを焼き尽くした。

「骨が……」

眩《まぶ》しさに目を細めていた櫛笥が、驚いて声をあげた。

明良の放った閃光を浴び、骨の破片たちが青白い炎をあげて燃え始めている。

「こんなに簡単だったかな」

「え……」

口の中で呟かれた言葉に、どういうことかと櫛笥が目で問いかけた。だが、明良は興味を失くしたのか、さっさと炎から視線を外してしまう。平然と陣へ戻ってくる姿には、欠片《かけら》も疲労は残っていないように見えた。


「清芽、祝詞を止めるな！」

凱斗が注意してきたが、唇が強張って上手く音にならなかった。見てはいけない、と必死で自分へ言い聞かせるものの、現れた姿から縫い止められたように視線が動かせない。

「清芽！」

「う……わ……」

頭から直接生えている、右手と右足。

そのため、足の足らない蜘蛛《くも》の化け物にも見える。

長い黒髪を引きずり、真っ白な顔をした巫女が、手と足をぺたぺた動かしている。

「うわあッ」

「清芽！」

パンッと鋭い破裂音がして、澱《よど》んだ空気に亀裂が入った。

「しっかりしろっ。おまえが揺らげば、巫女はそっちへ行くぞ！」

「かい……と……」

平手で頰《ほお》を叩かれ、ようやく正気に返る。そうだった、取り乱してどうするんだ。生きて、皆を守るんじゃなかったのか。

「呪詛たらむも計り難ければ、御法《みのり》のまにまに真心尽くして仕え奉らくを！」

凛《りん》と声を響かせて、清芽は祝詞を詠み上げた。

力を取り戻した瞳に、呪具と化した抜け殻の月夜野が映る。

「つきよの」

巫女が嬉々《きき》として呟くなり、ぎこちない動きでにじり寄ってきた。ぺたり、ぺたり。爪《つめ》を土に食い込ませ、這うようにして寄ってくる。

清芽はすぐさま態勢を整え、半ば叫ぶように声を張り上げた。

「汝大神等伊《みましおおかみのたち》、御心も明らかに聞こしめして、早川の瀬の速《すみ》やけく！」

再び響き出した祝詞に、不快な呻《うめ》き声が混じり出す。すかさず凱斗が祝詞を畳みかけ、幾重にも言霊《ことだま》の壁を作った。清芽は無我夢中で月夜野に向け、動けと心の中で念じ続ける。

――動け。

そして。

怨霊に喰われてこい。

「その呪詛の魔気を形代《かたしろ》が瀬に、打ち負わせしめ給いて禍も災いも八重の渦潮にて……」

ゆら、と月夜野の背中が大きく傾いだ。

彼は生気のない動作で立ち上がると、巫女に向かってふらふらと歩き出す。正面まで来たところで両膝《ひざ》を衝き、まるで抱きかかえるように腕を広げた。

「……イタ」

月夜野を見上げ、巫女がニタリと笑う。

筋の浮いた右手を伸ばし、黒い血にまみれた口から汚れた歯が覗《のぞ》いて見える。

彼女はいざりながら月夜野の膝を這い上り、ゲタゲタと狂喜の歓声を上げた。

「おまえで、最後……」

黒髪が生き物のようにうねり、ぶわっと月夜野の身体に絡みつく。それは不浄の影となり、彼の全身を飲み込んで膨《ふく》れ上がった。凄《すさ》まじい光景に瞬きもできず、清芽はひたすら祝詞をくり返す。唇は動いているものの、自分の声が少しも聞こえてこなかった。

「祝詞再唱！」

パンッ！

清芽に活を入れるように、凱斗が強く手のひらを合わせる。

彼は九字を切り、地面に伸びる影へ人差し指で『鬼』の字を書きつけた。その途端、ジュッと焦げる音がして、巫女が獣のような咆哮《ほうこう》を上げる。

「いかにして呪いやるとも、焼鎌《やきがま》の敏鎌《とがま》をもちて打ちや祓わん！」

神歌が暗雲を吹き払い、巫女の右手がボロボロと腐って地面に落ちた。

「ぎゃあああああああああああああ」

延々と巫女が叫び続け、木々たちが嵐のように揺れ始める。憤怒に目玉が真っ赤に染まり、彼女はギロギロと二人を見比べる。使い手がどちらか、判別しようとしているのだ。

「おまえかァあぁ……」

地の底から湧《わ》いたような、呪いに満ちた声が凱斗に向けられた。

怒り狂った巫女はぎちぎちと歯を鳴らし、黒髪が不気味に波打ち始める。

「かかったな」

ニヤ、と明良に成り済ました凱斗が口の端を歪《ゆが》めた。

同じ葉室の血。同じ祝詞。巫女の標的がこちらに定まる。

毒が効くまでの時間稼ぎだ。

「凱斗！」

不安にかられて清芽が叫ぶと、巫女が笑いながらこちらへ首を伸ばしてきた。すぐ目の前に顔が近づき、視界いっぱいに悪鬼と化した女が迫る。

「ムダダヨ」

真っ赤な舌を覗かせて、巫女が残酷に嘲《あざけ》った。

全身が金縛りにあったように、恐怖に縫い止められて動かせない。

「く……ッ」

怖れるな、と言った凱斗の声が、清芽の脳裏に蘇《よみがえ》った。

俺たちは最強だ、心配するな。

「呪い来て、身を妨ぐる悪念《のろい》をば、今打ち返す元の主《あるじ》に！」

ギャッ！　と短い叫びを上げ、神歌に貫かれた巫女が首を仰《の》け反《ぞ》らせた。ままよ、と限界まで声を張り上げた清芽は、反動で深々と息をつく。心臓がドクドク脈打ち、血の上った頭がぐらぐらと熱い。自分の言霊が怨霊を弾いたことが、まだ信じられない思いだった。

「俺……」

「ぐぅうううう」

地鳴りのような呻き声がし、巫女の右足にブツブツと気泡が浮いてくる。呪具の効果だ、と目を見張った瞬間、気泡が弾けて蒸気が上がり、嫌な腐臭が立ち上った。

「ぐわあぁぁあ」

「うわっ！」

「清芽！」

もはや頭だけとなった巫女が、凄まじい執念で襲いかかってきた。黒髪が手足に絡みつき、清芽は身じろぎもできずに息を呑む。このまま死ぬのでは、とちらりと恐怖が掠《かす》めたが、凱斗が側にいるんだ、と必死に自分へ言い聞かせた。

もうすぐだ、間違えるな。

巫女が自分を喰らおうする瞬間、間違いなく〝加護〟は発動するはずだ。

「おまえかァあぁ」

真っ赤な口が咆哮を上げ、喉笛《のどぶえ》に喰らいつこうとする。

生臭い息が首筋にかかり、嫌悪と苦痛に顔が歪んだ——瞬間！

「天八十万日魂命《あめのやそよろずひむすびのみこと》その詛戸《とこいど》を返し給い、万《よろず》の禍《まが》を祓い給え！」

朗々と響く祝詞と同時に、清芽は誰かに突き飛ばされた。

地面を転がりながら何が起きたのかと、混乱の中で目を開こうとする。直後に瞼《まぶた》が焼けるような、強烈な白銀の光が視界を覆った。

「か……」

巫女が断末魔の声を上げ、眩《くら》むような閃光が幾つも額を貫いていく。

「かい……と……」

光の中心に、凱斗がいた。

印を組んだ指が白くなり、徐々に全身が輪郭を失っていく。その身体から渦を巻いて放たれているのは、紛れもない〝加護〟の煌《きら》めきだった。

「どう……して……」

地に伏せたまま、呆然と清芽は呟く。

わけがわからない。どうして彼が。疑問ばかりが膨れ上がり、答えの出ないまま愛しい影が消えていく。目にした光景が信じられず、清芽はがくがくと震え出した。

「う……そだ……」

混乱したまま、よろよろと起き上がる。

徐々に白銀の光が引いていき、頭上に夏の青空が戻ってきた。

巫女は消滅したのか、凱斗は無事なのか。

彷徨《さまよ》う瞳には、意識を失った月夜野しか残されてはいなかった。

「凱斗……」

どこだよ、と絶叫しそうになるのを、かろうじて抑える。

震えが止まらないのは、何も唇だけではなかった——。

8

私が発見したのはね、と佐原《さはら》がブルーベリーパイを口へ運びつつ言った。

「お借りした古神宝の中の一つ、木で作られた形代なんだよ」

「木ですか。身代わりに厄を乗せる法具ですから、普通は紙ですよね」

櫛笥《くしげ》が少し驚いてみせると、彼は我が意を得たりとばかりに身を乗り出してくる。ぺちゃ、とパイが潰《つぶ》れ、白衣の一部が紫に染まったが、少しも気に留めていないようだ。

「だからね、厄落としではなく別の用途に使ったのだろうと、以前から考えていたんだ。で、葉室宮司《はむろぐうじ》から巫女がどうしたとか話が出た際、もう一度調べ直してみた」

「形代に、何か引っかかることでもあったんですか」

「その通り」

にんまり笑って、佐原は一冊のノートを取り出した。そこには『御影《みかげ》神社』の古神宝を写した数枚の写真が貼ってあり、木の古びた形代も写っている。論文にまとめるための、いわば私的資料集といったところだろうか。

「これなんだけどね」

形代をズームで撮影した一枚を指差し、佐原は言った。

「だいぶ判別がつき難くなっているが、薄墨で書かれている文字がわかるかな？」

「……名前、ですか」

「そう。未子と書いてある」

「みこ……」

口の中で反芻《はんすう》してから、え、と頭が真っ白になる。滅多に感情を乱さない櫛笥の呆気《あっけ》に取られた顔に、佐原は悪戯《いたずら》が成功した子どものように笑顔を見せた。

「実に単純な話でね、祟りを怖れて当て字を使っただけだったんだよ。恐らく、月夜野家に巫女が呪詛をかけたと聞いた後だったんだろう」

「じゃあ、教授が二荒《ふたら》くんをM大まで呼んだのって……」

「そう。これを伝えるのが目的だ。でも、無論当て字を見つけただけじゃないよ？」

「………」

「木の形代の意味するところ——これを推理してみた。残しておいたからには、誰かの御魂を慰めるものなんじゃないかな。もちろん、当て字を使うからには怨霊の方の」

事実関係を脳内で整理しようと、しばらく櫛笥は黙り込んだ。

月夜野《つきよの》の誕生日に呪詛返しを行ってから、今日で三日が過ぎていた。夏休みギリギリまで、東京《とうきよう》へ戻らずに凱斗《かいと》の帰りを待つと西四辻《にしよつつじ》の二人は頑張っていたが、昨夜ようやく真木《まなき》の説得を受け入れたばかりだ。彼らは、明日帰ることになっている。

一方、櫛笥はM大の佐原研究室を訪れ、結局聞く機会を逸していた古神宝から得た情報、というのを教えてもらっていた。凱斗が佐原に呼び出され、巫女と彼女が憑《つ》り込んだ首吊り女の霊に遭遇した時の話だ。

「あのね、櫛笥くん。ピンと来ていないようだから、親切に教えてあげよう」

「はぁ」

「この形代、可愛いと思わない？」

「…………」

唐突な質問だが、相手は仮にも大学教授だ。櫛笥は写真を見つめて、真面目に考えた。

「可愛い……というか、人形みたいですね。雛《ひな》とかそういう類《たぐい》の。顔が描いてあるわけじゃないけれど、小さめで子どもが持ちやすそうだ」

「そうそう、わかってるじゃないか」

「……佐原教授」

もしや、と嫌な想像をしてしまった。できれば、この推理は当たってほしくない。だが、口にする前から正解だろうとも思っていた。何故なら……――。

「巫女が憑代《よりしろ》に失敗して帰されたのは、彼女が純潔な乙女ではなかったからですよね」

「うん」

「彼女は、妊娠していたんですね？」

佐原の返事を聞くまでもなく、それが取りこぼされた真実だろう。

櫛笥はひどく滅入った気分になり、研究室の古びた本と木の匂いに胸を詰まらせる。形代があるということは、当然子どもは死んだのだ。いや、正確には母親と一緒に殺された。

（生きながら八つ裂きって、月夜野さんが言ってたよな。てことは、当然……）

慌てて、そこで思考を止める。不快どころの騒ぎではなかった。生きながら手足を削がれ、未発達の赤子を取り出された女の気持ちなんて、想像を絶して余りある。

（末代まで祟って当然だろ……）

月夜野の前では言えないが、心底櫛笥はそう思った。同時に、呪詛返しの日に裏山で明良《あきら》が呟いた、謎めいた言葉が脳裏を掠めていく。

『こんなに簡単だったかな』

あれは、どういう意味だったのだろう……――。

お世話になりました、と煉《れん》と尊《たける》が揃《そろ》って宮司夫妻に頭を下げる。

すでに新学期に食い込んでいたが、ようやく東京へ帰ることになったのだ。

「二荒さんの安否がわかるまで、なんてご迷惑なこと言ってすみませんでした」

「長いこと泊めていただき、ありがとうございました」

名残《なご》り惜し気に頭を下げる二人に、清芽《せいが》の母はあれこれ土産《みやげ》を持たせて送り出した。準備をしている最中から「淋しくなるわ」と何度もくり返し、また必ずいらっしゃい、と念を押す。まるで親戚のおばさんにでも言われているようで、そういったことに免疫のない二人は、うるうる目を潤ませて「はい」と約束したのだった。

「そういえば、月夜野さんの具合はどうですか」

玄関口で、尊が真木に問いかける。

呪詛返しの日、意識が戻らない彼は病院へ担ぎ込まれたが、ひどく衰弱していたのでそのまま入院しているらしい。らしい、と言うのは彼らが見舞いに行かないからで、凱斗があれきり行方不明なこともあって、どうしても許せる気持ちにはなれないからだった。

「清芽が毎日見舞いに行っているが、記憶がところどころ抜けているそうだ。医者が言うにはショック状態による一時的なものらしいが、幸い体力はだいぶ回復しているから退院もすぐだろう。だが……」

「センセエは、大丈夫なんですか」

思い切ったように、煉が切り出してみた。本当は聞くのが怖かったが、やっぱり心配で仕方ない。凱斗が戻ってこない、と取り乱す姿は、思い出すだけで痛ましかった。

事の詳細を知ったのは、呪詛返しが成功した直後だ。

横たわる月夜野の傍《かたわ》らで真木に取り押さえられ泣き叫ぶ清芽は、このまま狂ってしまうんじゃないかと思うほどで、煉と尊は大層ショックを受けたのだ。

「大体、〝加護〟のコピーは一度きりなんじゃなかったのかよ」

バス停までの道をてくてく歩きながら、煉は行き場のない怒りを持て余す。

「二荒さん、めっちゃ勝手じゃんか。センセエに任せておけばいいのに、無理やり自分が〝加護〟を使っちゃうなんてさ。そんな騙《だま》し討ちみたいな真似《まね》したら、センセエだって立ち直れないよ。第一、コピーはあくまでコピーだろ。オリジナルの劣化版なんだからさぁ」

「気持ちはわかるけど、そんな言い方したら二荒さんが気の毒だよ」

腑《ふ》に落ちないのは同意だけど、と言いながら、尊が深々と溜め息をついた。

「きっと、清芽さんに〝加護〟を使わせたくなかったんだ。いくら無敵だからって、正体はまだわからないんだもんね。何が起きるか予想できないし、清芽さんを守りたかったんだよ」

「そんで、自分が消えてちゃダメだろ！　センセエ、病気になっちゃうぞ！」

「うん……」

二人に取って、何より心配なのが清芽のことだ。

あれから月夜野の病院へ通い詰めて、毎日面会時間ギリギリまで残っている。今日もそれで留守だったので、置き手紙を残して出てきた。いつ読んでくれるかわからないが、携帯電話は凱斗からの連絡を待って肌身離さずにいるので、あえて避けておいたのだ。

「だって、見ちゃいられないだろ。着信があるたび血相変えて、二荒さんじゃないってわかると泣きそうな顔してさ。それに、二荒さん携帯壊したばっかだったよな。本当は、かかってくるわけないいんだよ」

「煉……」

「二荒さん、どこに消えちゃったのかなぁ……」

のどかな田舎道を歩きながら、二人はぐすぐすと涙ぐむ。

「生きているのは確かなんだ。僕、何度も呼びかけてみたけど反応なかったし。明良さんも同じこと言っていたから、間違いないと思う。でも……」

「巫女の怨霊と一緒に消えたんだから、どこかに引きずり込まれたのは間違いないよな。それが空間の狭間とかだと、ちょっと厄介かもしんない」

「やっぱり、〝加護〟なんて人が扱える力じゃないんだね」

しんみりと、尊が肩を落とした。

さすがに凱斗の能力を以《もっ》てしても、簡単に手を出していいものではなかったのだろう。ただ、凱斗の場合は私欲ではなく、ひたすら清芽を守りたかっただけだ。もし神さまが見ているなら、どうか清芽の元へ帰してあげてほしかった。

「あ、バスが来たよ」

土埃《つちぼこり》をあげて、年季の入ったバスがゆっくり近づいてくる。

煉と尊は慌てて目元を拭《ぬぐ》い、長く印象深い夏休みにそっと別れを告げた。


「兄さん、迎えに来たよ」

総合病院の正面玄関を俯《うつむ》いて出た瞬間、明良の声が出迎えた。

正直、顔を上げる元気も出なかったが、これ以上心配をかけてはいけないと頑張ってみる。けれど、黄金色の日差しは生乾きの傷口を抉《えぐ》るようで、とても笑顔は作れなかった。

「まったく、あんな男の見舞いに毎日来るなんて律儀だね。いい加減にしないと、兄さんの方が倒れちゃうよ？　この三日間、飯も食わないしろくに寝てもいないんだろ？」

「月夜野さんが……」

「ん？」

「何か、知っているかもしれないから。今は記憶が飛んでいるだけで、後から重要なことを思い出すかもしれない。そしたら、凱斗の行方についても……」

空回る言葉の虚しさに、清芽は途中で黙り込んだ。

わかっている。月夜野は何も覚えていない。

彼はずっと意識がなかったし、たとえ覚えていたとしても巫女に襲われた時のことなんて思い出さない方が絶対にいい。頭ではわかっているのに、どうしても期待してしまう。

「ごめんな、明良。皆にも心配かけて悪いと思ってる。でも、ダメなんだ。凱斗がどこかで生きているって確信が持てるまで、どうしても他のことが手につかない。だって、俺の身代わりで連れていかれたんだぞ。あそこで〝加護〟を発動させたのが俺だったら……」

「そんな仮定話、したところで意味ないじゃないか」

目を覚ましなよ、と言わんばかりに、明良が突き放した物言いをする。

「それに、俺は凱斗が身代わりを覚悟しているのを知ってたよ。だから、あいつに役目を譲ってやったんだ」

「嘘だろ……」

「本当。だって、凱斗は兄さんに〝加護〟を使わせたくないって言ってたからね」

「………」

初めて聞く事実に、清芽は頭が真っ白になった。あれほど応援すると言っていたのに、実際は〝加護〟を使わせまいとしていたのか。それなら、凱斗は自分を騙していたんだろうか。

「どうして……」

震える唇で、それだけ言うのが精一杯だった。

清芽は混乱し、今までの凱斗との会話がぐるぐる頭を回り始める。先日〝加護〟を使いこなしたい、と彼に言った時、いつになく違和感を覚えたのはそのせいだったのだ。何もかも手遅れな今になって、幾つかの疑問が解消されていく。

「あいつは、〝加護〟を使うことで兄さんに影響が出るのを心配していたんだよ」

狼狽する清芽に、明良は痛ましげな視線を送ってきた。おまえはどこまで知っていたんだと詰め寄りたかったが、そんな気力すら湧いてこない。

「凱斗……」

会いたい。どんな姿でもいいから、戻ってきてほしい。

本当に騙していたんだとしても、凱斗の口から本当のことを聞きたい。

病院の門を出たところで、清芽はついに足を止めてしまった。疲労はピークに達しており、もう一歩も歩けない。そもそも、どうやって歩いていたのかも思い出せなかった。

「兄さん、大丈夫？」

明良が労《いた》わるように背中を撫《な》で、手近な日陰まで連れて行ってくれる。車を拾ってくるから待ってて、と念を押され、子どものような自分が情けなかった。

『呪詛返しがどんな結果になっても、おまえは絶対に自分を責めるな』

あの日から、何度も反芻している言葉だ。

あれは、この結末を予期して言っていたのだろうか。だとすれば、ずいぶん残酷な話だ。あんな別れ方で、自分を責めるなという方が無理だった。

「凱斗……」

タクシーを探しに明良が立ち去り、一人になった清芽はちいさく呼んでみる。

返事がないのはわかっていた。でも、どうしても呼ばずにはいられない。

「凱斗……凱斗……」

涙が溢《あふ》れてきた。止められない。このまま、二度と会えなかったらどうしよう。

理不尽な理由で凱斗を奪われたら、自分だって悪鬼になってしまうと思った。けれど、悪鬼として呪詛をかけるべき相手は無理を強いた自分自身だ。

ふと気づくと、正面に誰かが立っていた。

ゆっくりと目線を上げ、どこか怒った顔の明良と目を合わせる。泣き顔を取り繕うことも忘れ、清芽は「ごめん……」と無意識に謝った。

「何で謝るの。兄さん、俺に何かした？」

「してないけど……心配かけてる」

「そんなの、兄さんのせいじゃないだろ。凱斗のせいじゃないか！」

苛立《いらだ》ちをぶつけるように、明良はいきなり声を荒らげる。

だが、すぐに反省したのか表情を緩め、無愛想に右手を差し出してきた。

「あっちにタクシーを待たせてる。とにかく帰ろう」

「……うん」

疲れ切った頭では、余計なことが何も考えられない。ネジの切れた玩具のように、清芽は素直に頷いた。右手を掴《つか》まれて歩くのはさすがに恥ずかしかったが、直にどうでも良くなってしまう。自分がこんなにも傷ついていることに、一番驚いているのは清芽自身だった。

「……こんな時だから言うけど」

清芽の手を握り、前を向いたまま明良が言った。

「兄さんは、俺が消えたらどうする？」

「え……」

「今みたいに、自分を失くすほど悲しんでくれるかな。ああすれば良かったとか、くよくよ悔やんでくれる？　いつも、思い出してくれる？」

「やめろよ、明良。悪趣味だぞ」

さすがに耐え切れなくなって、清芽は乱暴に手を振り払う。だが、振り向いた明良の頼りなさげな顔を見たら怒れなくなってしまった。

「兄さん」

縋《すが》るような目が、束の間、清芽を憂いから引き離す。

「後から、俺がどんな人間かわかっても嫌ったりしないよね？」

九月になり、次第に秋の風を感じるようになったが、清芽はまだ東京に帰らずにいた。

少し前までと比べたら、少しずつ落ち着きを取り戻しつつある。だが、悲しみも淋しさも胸から去ることはなかった。

「もうすぐ十日か……」

竹箒《たけぼうき》を動かす手を止めて、清芽は淋しく溜め息をついた。

絶対に帰ってくる、と信じる気持ちに揺らぎはないものの、後から知る事実は少なからず清芽を困惑に陥れる。中でも、〝加護〟を使わせまいとした、というのは裏切られたような気持ちだった。だからこそ、ちゃんと本人と話して、理由をきちんと説明してほしい。

境内《けいだい》の掃除を済ませ、清芽は浮かない心で道具を蔵にしまった。

すぐには母屋へ戻る気がしなくて、何となく境内をゆっくり歩いてみる。

ちょうど土蔵のところで足を止めると、真木が出てくるところに出くわした。

「父さん……」

気まずい思いで頭を下げ、清芽はそそくさとその場から離れようとする。だが、待ちなさいと呼び止められ、足を止めざるを得なかった。

「土蔵には、二荒くんの私物が多く残っている。おまえが一番わかるだろうから、ちゃんとまとめておきなさい。何にせよ、土蔵に置きっ放しは良くない」

「好きで、置きっ放しにしているわけじゃありません！」

思わず大声で反論する。いけない、と思ったが後の祭りだった。

「父さんは……知っていたんですか？」

「何の話だ？」

「凱斗が、俺の〝加護〟について懸念していたことです。あいつは、俺が〝加護〟を使いこなせるようになることを望んじゃいなかったんですよね」

「……そうだな」

肯定の言葉に、（やっぱり）と思った。先日の明良といい真木といい、どうやら当事者の自分だけが蚊帳《かや》の外だったようだ。清芽は軽くショックを受けたが、文句を言いたい相手は決して真木ではないこともわかっていた。

「凱斗は……どこへ消えたんでしょうか」

あえて言葉にはしなかった現実を、ようやく口に出してみる。

答えなどないことは知っていたけれど、不思議と気持ちが落ち着いてきた。

「俺、もう一度〝加護〟について考え直してみます」

清芽がそう言うと、真木は微《かす》かに笑んだようだ。柔らかな反応に勇気を得て、己の発言を改めて嚙《か》み締めながら続けた。

「戻ってきた凱斗が、もう心配しなくてすむように。そして、今度は黙って一人で解決なんかさせないように。俺が成長しなきゃ、どちらにしても一緒にはいられないと思うんです」

「……そうか」

慈しむように、真木がそれだけを言った。

清芽は一礼し、先刻とは違う心持ちで歩き出す。

そういえば、と思い浮かんだ。凱斗と初めて出会ったのは、この少し先だった。

悪霊に追われる彼が逃げ込んできて、五歳の清芽と出会った場所だ。

ふと胸に兆した予感に誘われ、そちらへ足を向けた時、風に乗って甘い香りが漂ってきた。

チョコレートだ。イチゴのフレーバーの混じった、懐かしくて温かな味。それは一歩先へ進むごとに、記憶から現実のものとなる。

「凱斗……」

前方から、誰かがやってきた。恋しい人によく似た、背の高いシルエットだ。

その左手の甲に、赤紫の刻印が浮かんでいる。

清芽は思わず息を呑み、次の瞬間、夢中になって駆け出した。

診察室のベッドで、月夜野は壁の一点を瞬きもせずに見つめていた。

毎日見舞いに来てくれる清芽、けれど会うたびに疲労が濃くなっているのがわかる。理由は言わずもがな、恋人が消えてしまったせいだ。

手がかりになりそうなことを思い出しはしないかと、期待されているのは感じていた。けれど、脳裏に浮かぶのはまるきり関係ない映像ばかりだ。

「巫女の呪詛……」

憑り込まれた瞬間、意識が混濁するまでの束の間、月夜野は巫女と同化した。

彼女の憎悪、痛み、慟哭《どうこく》——様々な感情が、場面と共に流れ込んでくる。その中でも一番忌《い》まわしいのは、死の直前の光景だった。

手足を縛られ、仰向けに寝かされ、生きながら八つ裂きにされる。

だが、呪詛返しで浄化された巫女の肉体は、ただの塵《ちり》になったはずだ。それなのに、生々しい感覚がまだ残っているのは何故だろう。

「何か見落としている。何か……」

考えるな、と思った。呪詛は終わった。もう月夜野の一族は自由なはずだ。

でも……——。

純潔ではなかった巫女。

八つ裂きにされ、神に捧げられた供物《くもつ》。

「子ども……」

ふと、恐るべき可能性に気がついた。

『呪詛返しに必要なのは、呪詛が生まれた場所を同時に叩くことです』

尊の言葉が、わんわんと脳内に響き渡る。

巫女は身体を六つに切り分けられ、『御影神社』と月夜野家に半分ずつ納められた。だから、自分たちは二ヶ所に分かれて呪詛返しを行ったのだ。骨を、土を、集めて呪具に使い、それで全てが成功に終わったはずだった。

「いや……違う……」

月夜野は、恐怖に呻いた。

違う、見落としていた。呪詛が生まれた場所は、二つではない。

もう一つ、胎児を埋めた場所があるはずだ。

「…………」

じわ、と汗が噴き出てきた。もしかしたら、呪詛返しは失敗だったのだろうか。

まさか、と息を吐いた。

背中を這い上がってくる、女の気配に月夜野は戦慄《せんりつ》した。

あとがき

こんにちは、神奈木《かんなぎ》です。このたびは「守護者」シリーズの最新刊、読んでいただき本当にありがとうございました。今、まさに脱稿直後でして軽く幽体離脱しかけていますが、今回もいろいろなドラマを背負いつつのお届けとなりました。一年ぶりの新刊でもありますので、皆さまに少しでも楽しんでいただけたなら嬉しいです。

しかし、とにかくラストに到達できて本当に良かったです。ただでさえキャラの多い話なのに今回は新キャラも登場ということで、その（私の脳内の）カオスっぷりたるや大変なものでした。でも、なかなかに癖の強い面々で動かし甲斐があるなぁ、とも思いました。

メインの新キャラ、月夜野。こちら、みずかね様の描かれたラフがあまりに美しくてどうしようかと思いました。文中でも清芽が見惚れたりしていますが、私も改稿しながらプリントアウトした彼に何度見惚れていたことか……。中味を知っちゃうとお付き合いするのは遠慮したいタイプでもありますが、ともかくビジュアル込みで大変楽しく書けたキャラでした。

それから、プロットではいなかった佐原教授。彼も、緊迫場面での良いガス抜きキャラとしてとても重宝いたしました。そうそう、ツマガリのブルーベリーパイは私も大好きで、脱稿したら食べるんだ……と死亡フラグみたいなこと言いながら、今も冷蔵庫で私を待ってくれています。通販スイーツは、引きこもり作家の優しいお友達ですね。

特筆すべきは、三冊目にして表紙に登場した明良でしょうか。一冊目ではほぼ名前のみの登場だったことを思うと、出世魚のような奴です。正直、この表紙だけでご飯が何杯も進むわたくしですが、今後の彼らを暗示するような構図に何かしら感じていただければと。それにしても、ただならぬ色気が表紙から溢れ出ていてヤバいですね。けしからんですね。

ええと、そんなわけでシリーズとして思いがけず続けさせていただいた本作ですが、今回はばっちり予告しちゃいます。四巻目、出ます。担当さんとも、あんまり間を空けないでお届けできるよう頑張ろう、と話していますので、良かったら次もお付き合いくださると本当に嬉しいです。徐々にいろいろな伏線が回収されたり、かと思えば新たな謎が出てきたり、清芽を巡る凱斗と明良の関係も激化しそうだし、どんだけ盛るんや、と言われそうな感じですが、気合い充分で執筆する所存ですので、今後の新刊チェックなどよろしくお願いします。今回、若干影の薄かった凱斗ですが（ゴメン）、次回は彼についても書き込んでいく予定です。攻めの面目躍如になるのかどうか、乞うご期待ください。

そういえば、今作は事故物件のお話でしたが、ちょうどその辺のくだりを書いている時、何も知らない妹から事故物件に関するメールが急に送られてきたりしました。怖い。あと、個人的な思い出でも、前の住人が火事で死んでいる部屋、というのを紹介されたことがあります。もちろん丁重にお断りしましたよ〜。本文でも告知義務についてはいろんな意見を出していますが、実際ケースバイケースというか、まちまちのようですね。でも、私が借りる側なら、何も言わないで契約させられたらめっちゃ怒りますよ。

最後になりましたが、イラストのみずかね様。おどろおどろしい設定にも拘《かかわ》らず、毎回世界観に広がりを持たせてくださる素敵なイラストを本当にありがとうございます。自分の本に、こんな綺麗なイラストがつくなんて（しかもホラー）幸せすぎます。いろいろご迷惑をおかけして申し訳ない限りなのですが、この場を借りてお詫《わ》びとお礼を申し上げます。

今回もホラー苦手なのに頑張ってくださった担当さま、ありがとうございました。本当に完成するんだろうか、と実は何度も弱気になったのですが、担当さまの情熱がヘタレな私をここまで引っ張ってくれました。電話口できらきらと明良萌えを語る担当さまに触発され、私も萌えとは何か日夜探求していきたいと思います。

そうして、ここまでお付き合いくださった読者さま。初めての方もお馴染みさんも、ありがとうございます。何か一言でもいただけたら、次の作品への糧ともなります。気が向かれましたら、どうぞご意見をばんばんお聞かせくださいませ。編集部へのお手紙大歓迎、ネットから気軽にメールやリプを送っていただいてもめっちゃ嬉しいです。

ではでは、次の機会にお会いいたしましょう――。

神奈木　智《さとる》　拝

http://twitter.com/skannagi（ツイッター）http://blog.40winks-sk.net/（ブログ）

※参考文献
術探究〈巻の一〉死の呪法、呪術探究〈巻の二〉呪詛返し、呪術探究〈巻の三〉忍び寄る魔を退ける結界法（呪術探求編集部・原書房）、呪術・占いのすべて―「歴史に伏流する闇の系譜」を探究する！（瓜生中・渋谷申博　著・日本文芸社）、呪術・霊符の秘儀秘伝［実践講座］（大宮司郎　著・ビイングネットプレス；増補版）、日本の神々の事典―神道祭祀と八百万の神々（学研）、図説日本呪術全書（豊島泰国　著・原書房）、印と真言の本（学研）、加持祈禱の本（学研）、図説　神佛祈禱の道具（原書房）、呪いと祟りの日本古代史（東京書籍）

この本を読んでのご意見、ご感想を編集部までお寄せください。

《あて先》〒105－8055　東京都港区芝大門2－2－1　徳間書店　キャラ編集部気付
「守護者がつむぐ輪廻の鎖」係

■初出一覧

守護者がつむぐ輪廻の鎖……書き下ろし

守護者がつむぐ輪廻の鎖……【キャラ文庫】

2014年7月31日　初刷

著者　神奈木智
発行者　川田 修
発行所　株式会社徳間書店
〒105-8055　東京都港区芝大門2-2-1
電話048-451-5960(販売部)
03-5403-4348(編集部)
振替00140-0-44392

印刷・製本　図書印刷株式会社
カバー・口絵　近代美術株式会社
デザイン　百足屋ユウコ(ムシカゴグラフィクス)

ISBN978-4-19-900759-0